김현영 新무협 판타지 소설
FANTASTIC ORIENTAL HEROES

전전긍긍 마교교주 5
김현영 新무협 판타지 소설

초판 1쇄 찍은 날 § 2010년 4월 30일
초판 1쇄 펴낸 날 § 2010년 5월 6일

지은이 § 김현영
펴낸이 § 서경석

편집장 § 문혜영
편집 § 서지현 · 이수민

펴낸곳 § 도서출판 청어람
등록번호 § 제1081-1-89호
등록일자 § 1999. 5. 31
어람번호 § 제2-1924호

주소 § 경기도 부천시 원미구 심곡2동 163-2 서경B/D 3F (우) 420-822
전화 § 032-656-4452 팩스 § 032-656-4453
http://www.chungeoram.com
E-mail § chungeoram@chungeoram.com

ⓒ 김현영, 2009

ISBN 978-89-251-2167-3 04810
ISBN 978-89-251-2003-4 (세트)

※ 파본은 구입하신 서점에서 교환하여 드립니다.
※ 저자와 협의하여 인지를 붙이지 않습니다.
※ 이 책은 도서출판 청어람과 저작자의 계약에 의해 출판된 것이므로,
　무단 전재 및 유포 · 공유를 금합니다.

전전긍긍
마교 교주

戰戰兢兢
魔教教主

5
격돌

김현영 新무협 판타지 소설
FANTASTIC ORIENTAL HEROES

第一章	마공을 향해	7
第二章	열폭마군	31
第三章	화룡, 그 가공할 위력!	55
第四章	청죽림	85
第五章	창공을 가르는 금빛 광망	105
第六章	묵빛 장포	135
第七章	소림	171
第八章	마야환신공	199
第九章	사상 최악의 마공	225
第十章	새로운 각성	251
第十一章	북해로	273

第一章
마공을 향해

전전긍긍
마교교주

도유강은 북영쾌신을 펼쳐 신속하게 자공산을 내려갔다.
오를 때와 마찬가지로 자공산은 여전히 아침 햇살 속에 있었지만 햇살의 빛깔은 '예비 안배', '마공'에 덧칠 당해 칙칙해져 있었다.
'도대체 누구냐!'
도유강은 내심 절규했다.
무영신투? 부취객? 아니면 또 다른 누구?
누가 됐든 그 작자 때문에 마공을 익혀야 한다.
문제는 마공의 폐해가 간단치 않다는 것.
저절로 몇 명이 떠올랐다.

혈경수사(血景修士)! 그는 곁에 아무도 없는데도 누군가와 정겹게 대화를 나누곤 했다. 당시 장로 중 한 명인 암흑수라(暗黑修羅)에게 슬쩍 물었을 때 암흑수라는 목청을 높여 대답했다.

"소교주님, 신비스러운 일입니다. 또 다른 자아와 대화를 나눈다는 것은 마치 잃어버린 쌍둥이를 찾은 것과 다를 바가 없지 않습니까? 하하하하하."

그 대답에 도유강은 암흑수라에게 용서를 빌고 싶어지고 말았다. 물어본 게 죄였다. 진심으로 미안했다. 부러워할 줄은 상상조차 못했다.
또 다른 마공의 폐해는 신체적인 후유증이었다.
벽력마검(霹靂魔劍)!
그는 별호와 동일한 벽력마검을 극성으로 연마한 뒤 온몸의 털이 사라져 무모검(無毛劍)이란 새로운 별호를 얻었다.
그 외에도 빛을 싫어해 어둠 속에서만 어슬렁거리는 암혼노군(暗魂老君)!
하루는 얼굴색이 파랗고, 다음날은 붉은색을 띠는 청안홍마(靑眼紅魔)!
현 마교 교주로 등극한 소면마군(笑面魔君)은 웃고 또 웃고, 전광동자(電光童子)는 영원한 어린아이였다.

그 외에도 마공의 나쁜 예는 나열하기 벅찰 정도였다.
"휴우……."
절로 한숨이 터져 나왔다.
교 내에서 그들을 볼 때면 내심 모조리 미친 자 취급했었거늘 이제 자신의 처지도 그들과 다를 바 없어진 것이다.
무엇보다 머릿속으로 열거한 자들과는 비교할 수도 없는 마인이 심복이랍시고 곁에 머물고 있기도 하다.
모시는 주군이 마공을 익히게 되었다는 사실에 마기(魔氣)와 살기(殺氣)를 있는 대로 내뿜어 그 주군을 짓눌러 버린 제정신이 아닌 마인.
도유강은 그 순간을 떠올리며 몸을 부르르 떨었다.
그것은 정녕 전율이요, 뇌가 마비될 정도의 공포였다.
만약 마공을 거부한다면?
도유강은 서둘러 고개를 저었다.
생각하기조차 싫다.
풍천은 마인 중의 마인! 놈은 무슨 참극을 벌일지 모른다.
그때 풍천의 목소리가 들렸다.
"주군, 이쯤에서 손약란을 버려야겠습니다."
어느덧 자공산 아랫자락이었다.
풍천은 손약란을 들쳐 업은 채로 손약란의 다리를 툭툭 쳤다. 이런 쓸모가 다한 폐기물 따위는 어서 빨리 치워 버려야 한다는 모습이었다.

풍천의 말대로 손약란은 더 이상 쓸모 없었다.

도리어 함께 다닌다면 언젠가는 죽고 만다.

그렇다고 폐기물처리라니!

인두겁을 쓴 자라면 그럴 수 없었다.

수면독에 취해 언제 깨어날지도 모를 손약란을 길거리에 버린다면 절세의 미모 탓에 추악한 꼴을 당하고 말 것이다.

그래, 그게 좋겠군.

"수면독에 잠든 마을을 경유한다. 그곳에 손약란을 두고 떠난다."

손약란의 무공도 녹록치 않으니 마을 사람들보다는 일찍 깨어날 것이리라. 그 후의 일은 채주까지 맡았던 그녀이니 알아서 잘 헤쳐 나가리라.

"주군, 굳이 번거로움을 자처할 필요가 있으신지요. 그냥 비탈길에 던져 버리는 것이……."

도유강은 순간 욱, 하고 분노가 치밀었다.

마공을 익히고 싶지 않다는 말은 마교의 원대한 계획인지 뭔지 하는 것 때문에 두려워 말도 꺼낼 수 없다 쳐도, 이런 일에까지 심복에게 끌려 다닐 순 없었다.

최소한 떨 땐 떨더라도 주군의 영역, 권리와 주장쯤은 펼쳐야 한다.

"네놈이 언제부터 그렇게 말이 많아진 것이냐!"

이 천하에 악마 같은 놈아! 해도 해도 너무하는구나, 라는 뒷말을 생략하며 도유강이 눈을 부릅떴다.
풍천이 흠칫 어깨를 떨었다.
아니, 떠는 척일지도.
주군을 몰아붙이려면 어느 정도는 양보하고, 가끔은 처맞아야 한다는 것을 풍천도 암묵적으로 인정하는 행태!
이것이 이 해괴한 주종 간의 불문율이다.
"주군의 명을 따릅니다."
"잘 숨겨두어라. 알겠느냐!"
"그리하겠습니다."
"망할 놈 같으니. 다음 장소는 어디냐!"
"귀주성 흑토하입니다."
도유강이 얼굴을 와락 일그러뜨렸다.
귀주성이면 현재 위치한 사천성과 서쪽으로 면해 있는 곳이다.
'젠장, 가깝기도 하구나.'
절로 탄식이 터져 버린다.
도대체 이 인생에서 멀리하고 싶은 것들은 왜 그리도 재빠르게 다가오고, 원하는 것들은 신기루처럼 멀어지기만 하는 것일까.

* * *

도유강이 탄식을 터뜨린 그날 오후,

"녹림왕!"

한소리 호통과 함께 객잔의 방문이 통째로 날아갔다.

쾅!

파작!

사라진 문 앞에 전광동자가 섰다.

양손을 허리에 짚고 분노를 숨기지 않았다.

그래 봤자 귀여운 아이가 짐짓 화난 척 하는 얼굴.

전광동자가 진짜 화났다는 듯 입술을 깨물고 방 안을 빠르게 훑었다.

"제길……."

예상했던 대로, 역시나였다.

탁자 옆으로 녹림의 두 수뇌 놈이 술병을 쥔 채로 나자빠져 있고, 침상 위에는 녹림왕이 단정하게 이불까지 덮은 채로 누워 있었다.

모두 수면독에 당한 것이다.

녹림왕의 단정한 모양새로 미루어볼 때, 수면독에 두 수하가 먼저 나자빠지는 것을 보고 나름 독에 저항을 하다가 결국 방법이 없는 것을 인지하고 차라리 숙면을 취하기로 한 듯 보였다.

전광동자도 수면독에 저항하고, 저항하다 끝내 바닥에 속절없이 무너져 내렸던 터라 녹림왕의 이런 모습은 정녕 대인배라 칭할 만했다.
그러나 또 한편으로 화가 치솟는다.
"무턱대고 평안한 모습인 거냐!"
전광동자가 신형을 날렸다.
퍼억!
쿵!
발길에 채인 녹림왕이 침상에서 날아 속절없이 반대편 벽에 부딪쳤다가 축 늘어졌다.
전광동자는 그래도 분노가 풀리지 않았다.
이까짓 놈을 시원하게 날려 버렸다고 시원해질 리가 없는 것이다.
소교주를 놓치고 말았다.
이 의미는 곧 죽음을 뜻했다.
지존의 율법은 그 어떤 변명도 통하지 않는다.
"이 개자식!"
퍼퍽! 퍼퍼퍽!
전광동자는 자신을 질책하듯 녹림왕을 연신 걷어찼다.
사천에 진입할 때 독에 대비하지 않은 것은 만용이었다.
최소한 소교주가 사천당가와 알력을 일으켰을 때라도 눈치를 챘어야 했다.
따로 피독주를 구하든, 적당한 거리를 유지하든!

그러나 이제 그 터무니없이 안일한 대처의 결과가 목숨을 요구하고 있었다.

삶이란 얼마나 공교로운가!
별안간 희망은 멀어지고, 불운은 순식간에 닥쳐온다. 애써 외면해도 결국 마주 보게 되고 만다.
그런 의미에서 영원히 오지 않을 것 같던 오마신이 불현듯 얼굴을 들이밀고, '풍천은 어디로 갔느냐'며 묻는다면 오래 기다릴 것도 없이 오마신의 손에 죽고 말 것이다.
"휴우~"
전광동자는 길게 한숨을 내쉬고, 빈 의자에 앉았다.
현재로서 유일한 희망은 오로지 녹림왕이었다.
이놈은 이미 절반쯤 마교 수하!
아니, 소교주의 관점에서라면 통째로 심복이나 다름없었다.
녹림왕은 전생의 악업이 탑처럼 쌓여 있거나, 저주라도 받은 몸일 것이다. 그렇지 않고서야 잔악하기 짝이 없고, 무책임하기까지 한 소교주와 이렇게까지 엮일 순 없을 것이다.
"이 새끼, 한 대 더 맞아라!"
퍽!
발길질에 녹림왕의 몸이 출렁였다.
"적어도 네놈이 심복이 되었다면 소교주의 다음 행선지 정도는 알고 있을 터."

졸졸졸 따라다닌 자의 특권이 부여되었길 바랐다.

이제 남은 건 깨어날 때까지 기다리는 것뿐.

한 시진이 빠르게 지나갔다.

앉았다, 일어났다, 좌로 우로 서성이며 기다렸지만 녹림왕은 좀처럼 깨어날 기미가 없었다.

"망할 놈아, 작작 좀 자고 일어나라! 나도 좀 살자!"

이대로라면 밤이 되어서나 깨어날 것 같았다.

그건 늦다.

시간이 지날수록 소교주를 추적하는 일은 불가능해진다.

좌충우돌, 동분서주!

이것이 현재까지 소교주의 행보였다.

이곳에 있다 싶으면 저곳에 있다.

또 저곳이다 싶으면 사라져 버린다.

그리고 점점 빨라지고 있었다.

풍천의 경신술은 애초에 말할 것도 없지만 소교주도 비로소 드러낸 경신공부가 이미 초절정이었다.

풍천이 과거 야명주 사건처럼 떠들썩하게 소란을 피우며 자신을 드러내 준다면 고마운 일이지만 그런 요행을 또다시 바란다는 것은 마교제일의 추적자로서 염치없는 짓이었다.

그렇게 전광동자가 전전긍긍하며 한번씩 녹림왕을 후려갈길 때였다.

마공을 향해 17

"흐음, 흠흠……."
느닷없는 신음 소리였다.
전광동자는 튕기듯 신형을 좌측 벽 모서리 쪽으로 날렸다.
또 누군가가 있었다!
온 신경이 긴장으로 팽팽해졌다.
소리의 진원지는 침상 밑바닥!
도대체 언제부터 웅크리고 있었던 것일까?
그런데 신음 소리?
"흠냠냠……."
"응?"
전광동자가 미간을 좁혔다.
신음이 아니다. 이건 잠꼬대에 가까웠다.
전광동자는 곧바로 침대를 뒤엎었다.
바로 눈이 휘둥그레졌다.
"이……."
전광동자가 멍하니 마저 말을 이었다.
"……년은?"
녹림왕의 딸, 손약란이었다.
손약란은 새우처럼 몸을 오므리고 꿀잠을 자는지 침까지 질질 흘리며 냠냠거리고 있었다.
'왜 이곳에?'

분명 이년은 소교주와 함께 있었다.
전광동자는 녹림왕을 한번 쳐다봤다.
결단코 녹림왕이 데려온 건 아니다. 수없는 발길질에도 깨어나지 않은 녹림왕이고, 제놈이 침대 위에서 자고 딸을 침상 밑에 처박아둘 이유가 없었다.
'그렇다는 건?'
전광동자는 그걸 자각하는 순간 소름이 쫙 돋았다.
이내 한줄기 안개가 되었다.
스스슥…….
창문을 통해 나가 지붕 아래 처마를 타고 돌며 사방을 훑었다.
은둔술을 펼친 채였다.
소교주와 풍천은 보이지 않는다.
그뿐 아니라 수면독에 장악된 마을은 외곽까지 고요했고, 사람이며 짐승이며 그림자조차 보이지 않았다.
'도대체 무슨 뜻이지?'
소교주와 풍천이 다녀갔다.
왜 돌려보냈을까?
왜 하필 침대 밑에 쓰레기처럼 처박아놓았을까?
의문이 우왕좌왕 머리를 떠돌았다.
"그럼 혹시?"
전광동자는 번개같이 떠오른 생각에 다시 창문을 통해 안으로 들어갔다.

망설일 틈이 없다.

곧바로 손약란의 가슴을 풀어헤치고, 속옷을 젖혔다.

툭!

튕기듯 손약란의 젖가슴이 드러났다. 환상처럼 뽀얀 살결에 아름답고 탄력 넘치는 가슴이었다.

그러나 지금 전광동자의 눈에 젖가슴은 그저 부푼 살덩이에 불과했다.

'없다!'

"제발, 제발, 제발!"

굳이 데리고 다니던 손약란을 돌려보냈다.

그것도 침대 밑에 처박아놓긴 했어도 분명히 잘 숨겨두었다. 의도가 다분하다. 서신을 찾아야 한다.

전광동자는 하의도 벗겨냈다.

하의 속옷을 반쯤 잡아내려 골반과 이어진 엉덩이 측면 선이 드러날 지경이 되었을 때, 전광동자는 손을 멈췄다. 마구 몸을 젖혀대는 탓에 소맷자락에서 툭, 하고 접힌 종이가 떨어져 내린 것이다.

"찾았다!"

전광동자는 엄마에게 칭찬받은 아이처럼 환하게 웃었다.

소교주의 비밀스런 전언, 다음 행선지, 녹림왕에게 부여된 모종의 임무!

반나체의 손약란을 방치해 두고 서신을 펼쳐 읽었다.

글씨는 또박또박 한 글자씩 정자로 적혀 있었다.

그렇게 한 줄 한 줄 읽어나가며 서신의 끝에 이르렀을 때, 전광동자는 손을 부들부들 떨었다. 머리도 표백되듯 하얗게 변해 버려 아무것도 떠오르지 않았다.

서신의 내용은 이러했다.

유강아, 너 좀 멋있는 것 같아. 물론 나도 천상의 선녀처럼 예쁜 건 당연하고. 이쯤이면 우리 천생연분 같지 않니? 네가 유청청, ~~그 개잡년을~~, 혹은 다른 누군가를 좋아하는 그런 삼각관계는 천천히 함께 머리를 맞대고 고민해 보자. 네가 이 글을 읽는다고 생각하니 괜히 ~~젖가슴이~~ 심장이 두근거려.

바들바들…….

전광동자는 정신이 어디론가 도망쳐 버리는 느낌이었다.

중간에 먹물로 지운 자국들이 보여 혹시 뭔가 숨겨져 있는가 싶어 안력까지 돋우고 살펴봤다.

'유청청, 개 잡년'이라는 데서 머리가 하얗게 불탔다.

유청청은 또 누구냐 따위는 알기 힘들고, 알고 싶지도 않다. 삼각관계 속 개잡년이라는 욕설에 도리어 눈알을 뽑아버리고 싶은 충동만 일고 말았다.

전광동자는 멍하니 손약란을 내려다보며 사과했다.

'내가 잘못했다. 용서해라. 네가 미친년인 걸 깜박 잊고 있었다.'

서신을 힘없이 떨어뜨리니 손약란의 봉긋 솟은 가슴 위로 펄럭대며 내려앉았다.

이어 젖혀둔 침상을 쿵, 하고 내리덮었다.

사과해야 할 대상은 두 사람이 또 있었다.

한 사람은 마도 전설의 혈통!

또 한 사람은 마도 전설이 남긴 살인 병기!

그렇다. 오해했다. 죄송하다.

같잖게 서신이나 남길 인물들이 아닌 것이다.

녹림왕 무리는 버려진 것!

이유는?

'그딴 게 있을 리가…….'

창문을 통해 한줄기 바람이 불어와 옷깃을 스친다.

이제 어떻게 하면 좋단 말인가!

막막함 속에 전광동자는 녹림왕 곁으로 다가갔다.

퍼억!

"이 새끼 녹림왕!"

퍼억!

"도대체!"

퍽!

"딸년 교육을 어떻게 시킨 것이냐!"

* * *

 화풀이엔 역시 발길질이 최고라는 듯 전광동자가 그렇게 녹림왕을 후려갈기고 있을 시각!
 사천성 북쪽에서는 비명 아닌 비명이 울려 퍼지고 있었다.
 '으아아아아악!'
 소리는 터져 나오지 않았다.
 비명은 그저 크게 벌린 입모양에 그쳤다.
 어금니가 드러나고, 목젖이 일렁이는 것까지 훤히 보일 정도로 고통을 호소하고 있었지만 단 한마디도 소리를 만들어 내지 못했다.
 "쯧쯧쯧, 배반하고 떠났음에도 신의를 지키다니. 도둑놈 주제에 절개라는 것인가… 묘하구나."
 만묘신군은 끌끌 혀를 찼다.
 끝내 무영신투는 놓치고 말았다.
 뚱보 처녀를 수습하고, 한적한 곳에 이르러 부취객을 고문한 지 일식경!
 처음엔 말로 설득할 수 있을 것이라 생각했다.
 도둑놈들에게 의리 따위가 있을 리 없는데다 동업을 맺은 무영신투는 부취객을 제물로 삼아 제 몸만 빼낸 것이다. 이쯤 되면 혈육이라도 열을 내며 있는 것 없는 것 다 토해낼 상황이었다.
그러나 부취객은 입이 보통 무거운 것이 아니었다.
"자, 다시 한 번 가볼까?"
만묘신군이 빙긋 웃었다.
누워 있는 부취객의 단전 위로 장심을 가만히 댔다.
아혈에 마혈까지 제압된 부취객이 두려움에 질려 흰자위에 핏발을 세웠다.
장심에서 옅은 자줏빛이 일었다.
즉시 부취객이 턱이 빠질 만큼 입을 벌렸다.
어찌나 고통이 극심한지 목과 이마에 핏줄이 터질 듯 떠올랐다.
이 수법은 기를 운용해 온몸의 뼈를 자극하는 것으로, 당하는 자는 뼈가 부서지지 않았음에도 뼈가 잘게 부서지고, 으깨어지는 고통을 느끼게 된다.
즉, 분근착골의 고통을 뼈를 분지르는 수고 없이 펼쳐 내는 것이라 할 수 있었다.
"부취객, 나 또한 더 이상 고문을 하고 싶지 않다. 이쯤에서 이실직고하는 것이 어떻겠느냐?"
부취객이 미친 듯이 눈을 깜박였다.
만묘신군이 어깨 아래쪽을 두 번 가볍게 두드렸다.
"흐흐흑, 흑흑흑……."
비로소 소리를 찾은 부취객은 제일 먼저 울음을 터뜨렸다.

만묘신군이 혀를 끌끌 찼다.

"도계에서 수위를 다툰다는 너라면 명석한 머리를 지녔을 것이라고 생각했거늘, 이제 보니 어리석기 짝이 없구나. 고문이 시작되면 시간의 문제일 뿐 종국에는 입을 열게 되거늘 왜 고집을 피우며 헛소리를 해댄 것이냐!"

"흐흐흑……."

"자, 이제 말해보아라."

부취객이 누운 채로 눈물을 훔쳤다.

"제 말을 끝까지 들어주겠노라 약속해 주십시오."

"물론이다."

"약속하셨습니다."

"나 만묘신군의 이름으로."

"이건 틀림없는 사실입니다. 그들입니다. 약관의 청년과 중년인. 그 청년의 이름은 모릅니다만 중년인은 풍천이라고 했습니다. 신투선배와 제가 추적한 것은 야명주로 정주 바닥이 소란스러워졌……."

"닥쳐라!"

만묘신군이 호통쳤다.

얼굴 가득 당장 장력을 날릴 듯 분노가 떠올랐다.

"언제까지 헛소리를 할 셈이냐!"

"끝까지 듣겠다고 약속하셨잖습니까!"

"진실을 원함이지, 헛소리를 듣겠다고 한 건 아니다. 몇 번이나 똑같은 거짓말을 하는 것이냐! 네놈이 정녕 날 희롱하기로 작정한 것이냐!"

만묘신군이 안광을 형형히 발하자, 부취객은 답답함에 머리가 터질 것 같으면서도 더 이상 말을 할 수 없었다.

"고약한 놈! 토씨 하나 틀리지 않고 반복하다니. 그 말도 안 되는 청년과 중년인 이야기를 한 번만 더 꺼내면 그땐 지옥을 보게 될 줄 알아라."

부취객은 지금껏 살아오면서 이렇게 막연하긴 처음이었다. 그는 만묘신군의 말처럼 똑똑한 자였고, 굳이 고문을 당하고 싶지도 않았기에 애초에 진실만을 말했다.

신투 선배에게 웃음을 지으며 잘가라고까지 한 것은 사실대로 말하면 아무 문제도 없을 것이라 생각했기 때문이었다.

그런데 믿어주질 않는다. 씹어버린다.

그리고 또 고문…….

"정말입니다. 왜 제 말을 믿지 않는 겁니까? 제가 어떻게 하길 바라시는 겁니까?"

부취객이 반쯤 울먹이며 말했다.

"지독한 놈! 닥치지 못할까!"

만묘신군은 싸늘했다.

진실이 진실로 받아들여지지 않는 것이 이렇게 큰 좌절을 안겨주는 줄 미처 몰랐다. 급기야 부취객은 여태 억눌렀던 감정이 폭발해 버렸다.

"이 씨발 새끼야, 진짜라고! 왜 사람 말을 안 믿는데? 이 개새끼야, 사람 말이 말같지……."

짜악!

부취객의 뺨이 돌아갔다.

"정녕 끝까지 버텨보겠다는 것이냐?"

만묘신군의 두 눈에서 전신이 오싹해질 만큼의 무시무시한 살기가 뿜어져 나왔다. 부취객은 뼛속까지 파고드는 한기에 움츠러들었다.

'제길, 도대체 왜 안 믿는 거냐? 이 부취객이 감히 천위칠군에게 욕까지 할 정도면 믿어주란 말이다!'

부취객은 이해할 수 없었지만 이해받지 못하는 것도 어쩌면 당연했다.

안배의 파편만 본 부취객이다.

그러나 만묘신군은 안배의 시작을 알고 있었고, 그 관점에서는 부취객의 말은 가상의 인물을 만들어 꾸며대는 이야기에 불과했다.

이것은 신성무혼이 지나온 길.

신성무혼이 마운봉에서 요절한 뒤, 천위칠군이 신성무혼의 경로와 그가 남긴 짧은 말들을 오랜 시간 추적해 결국 알아낸 것이다.

신성무혼은 분명 죽었고, 이는 결코 천위칠군이 아닌 누구도 찾을 수 없다.

오직 유일한 가능성이라면 세상에 훔치지 못할 것이 없다는 무영신투와 부취객뿐이고, 바로 눈앞에서 두 사람을 보게 된 마당이니 그 어떤 말도 믿을 수 없는 건 너무도 당연한 일이었다.

"너희는 어디까지 알고 있느냐?"

만묘신군이 싸늘히 물었다.

유일한 의문, 들어야 할 대답은 이것이었다.

"어디까지라뇨?"

"다음 장소……."

"에엑? 그게 또 있는 것입니까?"

"모른다? 아니면 모른 척?"

만묘신군이 눈썹을 꿈틀거렸다.

그러나 부취객은 딴소리를 해댔다.

"아, 젠장. 어떻게 해서라도 잡히지 말았어야 했구나. 신투 선배도 다음 장소 같은 건 모릅니다. 하지만 분명한 건 지금쯤 그 두 놈을 쫓고 있을 거라는 거지요. 한번 포착한 목표는 놓치는 법이 없는 사람이니까요."

만묘신군이 절레절레 고개를 저었다.

"그래, 좋다. 네가 이겼다. 혼자 남은 딸까지 내팽개쳐 두고 천룡비동까지 온 네놈이란 걸 간과했구나."

"그건 딸아이가 도망치라고……."

"닥쳐라, 이 독종놈!"

그때였다.
슈우우웅…….
파앙!
저 멀리 푸른 불꽃이 연기를 피워내며 하늘로 솟구쳤다.
만묘신군이 눈을 가늘게 떴다.
거리는 약 삼백여 장 밖.
신호는 사천당가의 것이었다.
전쟁이라도 치르려는 듯 당가는 전 고수를 전역에 풀어 천라지망을 펼쳐 놓고 있었다.
'쯧쯧… 무영신투, 부취객 이놈들은 당가의 보물까지 훔친 모양이군.'
당가가 두려울 건 없었다. 하지만 굳이 시간을 들여 귀찮음을 자초할 까닭도 없다.
고문이 통하지 않는다면 다른 방법을 취해야 할 때였다.
"네놈에게 더 이상 헛 힘을 쓰지 않겠다."
"절 풀어주신다는 말입니까?"
"아니. 너는 나와 함께 소림(小林)으로 간다."
"네?"
"그곳에 네놈의 머리통을 훤히 열어젖힐 수 있는 사람이 있지. 넌 번거롭게 거짓말을 할 필요가 없을 것이다. 머릿속에 있는 것을 모조리 드러내고 말 테니."
만묘신군은 천위칠군의 수좌인 경천신군을 떠올리고 있었

지만 부취객이 알 도리는 없었다.

"소, 소림이라뇨? 설마 머리를 절개라도 하겠다는 겁니까?"

"흥, 그럴지도 모르겠구나. 이 일은 매우 중요하니."

만묘신군이 손을 튕겨 혼혈을 짚자, 이내 부취객의 고개가 옆으로 축 처졌다.

슈우우웅!

파앙!

또다시 사천당가의 신호탄이 작렬했다.

부취객을 들쳐 맨 만묘신군이 일견하고 한순간 북쪽으로 부는 바람이 되었다.

第二章
열폭마군

전전
긍긍
마교교주

자공산을 떠나온 지 사흘.
"주군, 저곳이 요오산(窯悟山)입니다."
풍천이 손을 들어 한 곳을 가리켰다.
그건 귀주성 흑토하에 자리한 활화산이었다.
도유강은 숨이 턱 막혔다.
한낮의 태양 아래 분화구에서 잿빛 연기가 뭉글거리며 피어나고 있었다.
역시 마공이다.
분위기부터가 다르다.
이전의 안배들은 까다롭긴 했어도 어느 정도 납득할 수 있는 지역적 요소를 지니고 있었다.

그런데 이번엔 용암이 꿈틀대는 분화구다.

천하 각처에 공기 좋고, 물 맑은 곳이 셀 수 없이 많거늘 이 무슨 해괴한 짓이란 말인가!

"대체 마공을 남긴 자가 누구냐?"

어떤 미친 자이기에!

"열폭마군(熱暴魔君)입니다. 오백 년 전 마교의 초절정고수로 화룡(火龍)을 부리는 자였습니다. 화룡이 타오르는 칼로 발현되는 순간, 어느 누구도 그 앞에서 삼 초를 견디지 못하고 죽음을 맞이했다고 알려지고 있습니다."

"열폭마군? 성정이 폭급한 자라는 것이 아니냐!"

"그 반대입니다. 그는 언제나 적과 맞설 때면 느긋하게 대화하길 좋아했다고 합니다. 상대가 공격해 와도 되도록 대화를 나누자며 회피하다 도저히 안 되겠다 싶을 때면 화룡도를 뽑아 들었다 합니다."

"그게 어딜 봐서 느긋이냐? 처절한 조롱이지."

도유강은 슬슬 불안이 증폭되었다.

아무래도 열폭마군이란 자는 정신 상태가 정상이 아닌 자였다. 한껏 비웃음을 머금고 '말로 해, 말로, 응?' 하고 상대를 조롱하는 자.

"과거의 일이기에 그럴 수도 있고, 아닐 수도 있습니다."

"그만한 자가 왜 이런 험지에서 말년을 보낸 것이냐?"

"열폭마군이 당시 지존이셨던 천겁광마님을 시해하려 했기 때문입니다."

"뭐라고?"

천겁광마라면 누구보다 잘 알고 있었다.

바로 은혼섬을 창안한 이로 역대 마교 교주 중 가장 고절한 무위를 지닌 이였다.

"열폭마군이 천겁광마님의 옆구리에 구멍을 낼 뻔하였으나 간발의 차이로 은혼섬으로 제압하셨다고 합니다. 그 뒤 천겁광마께서는 열폭마군을 이곳 요오산에 유폐시키셨고, 그는 죽는 날까지 이곳에서 남은 생애를 보내게 된 것입니다."

"유폐라니? 왜 그런 중죄인을 즉시 처형하지 않고 가둬두었단 말이냐?"

제아무리 악행의 관점이 일반 상식과 궤를 달리하는 마교라 해도 교주 시해는 용서할 수 없는 일이었다.

"그에 대해서는 여러 설이 난무한 실정입니다. 주군, 죄송합니다만 분화구 아래로 내려간 뒤에 말씀을 계속 드리겠습니다."

어느덧 요오산 정상 분화구에 이른 터였다.

잿빛 연기가 끊임없이 피어올랐다.

풍천이 분화구 아래쪽을 향해 소맷자락을 펄럭였다.

파락!

한순간 연기가 강풍에 밀려났다.

그 덕분에 흐르는 용암 줄기와 연기가 새어 나오는 바닥이 보였다. 그 틈을 타고 도유강과 풍천이 분화구 아래로 신형을 날렸다.

분화구 안쪽은 이제 노골적인 유황 냄새가 신경을 긁었다.
풍천이 말했다.

"계속 말씀드리겠습니다. 일설로는 열폭마군이 시해하려던 것이 아니고 천겁광마님께서 따로 불러 비무를 원하셨다는 이야기가 있습니다. 비무가 격렬해지며 열폭마군이 적정선을 넘자 천겁광마께서 대노하셔서 본신의 무위로 제압하셨는데, 먼저 비무를 청하셨기에 선처를 베푼 것이라는 내용입니다. 다른 주장으로는 용암 바다에 가둬두는 것이 죽음보다 더한 고통이기 때문이란 것도 전해지고 있습니다. 하지만 진실이 무엇이든 중요한 것은 열폭마군의 무공은 천겁광마님마저 위협할 수 있을 만큼 위력적이라는 것입니다."

도유강은 이미 심각해져 있었다.

"이건 아니다. 크게 잘못되었다. 생각해 보아라. 열폭마군이 당시 교주를 공격하였다는 건 마성에 젖어 이지를 상실했다는 뜻이다. 그의 무공이 마음을 파괴했다는 뜻. 또 누군가 그의 무공을 익힌다면 그처럼 미쳐 버리지 않으리라는 보장이 어디에 있겠느냐!"

"주군, 그 부분은······."

"끝까지 들어라."

"죄송합니다."

"만약 내가 화룡을 거둔 후 열폭마군처럼 미쳐 버린다면 어떤 결과를 초래할 것 같으냐? 수하들조차 가리지 않고 죽이는 희대의 악마교주가 된다면 말이다. 넌 그래도 괜찮다고 생각하느냐?"

"아수라천마님께서 계획하신 일에 빈틈은 없습니다. 또한 주군께선 아수라천마님의 금지옥엽(金枝玉葉)이십니다. 주군께 정공 중의 정공이며, 위대한 마인이셨던 천겁광마님이 창안하신 은혼섬을 전수하신 데는 이날을 대비하기 위함인 것으로 알고 있습니다. 지존은 마성을 지배할 뿐, 지배당하지 않습니다."

"은혼섬……."

역시 그런 것이었던가.

도유강은 아버지를 떠올렸다.

마도의 전설이요, 공포의 대명사로 불린 아버지.

앞에서는 한 번도 사랑한다는 말을 들어보지 못했다.

하지만 깊은 밤 침상으로 찾아온 아버지는 이불을 덮어주고 머리를 쓰다듬으며 '사랑한다, 내 아들 도유강……. 사랑한다'라고 말씀하시곤 했다.

어떤 날 도유강은 그 목소리를 듣기 위해 잠을 미룬 적도 있었다.

비록 원치 않는 교주 자리긴 해도 아버지는 아버지만의 방

식으로 아들을 위하고 있는 것이다. 아버지가 그리 대비해 두신 것이라면 크게 걱정할 문제는 아니었다. 마공으로 인해 마성에 젖지 않고 도리어 강해져 풍천을 넘을 수 있다면 화룡은 취할 가치가 충분했다.

"주군, 지하 비동의 출입로를 열겠습니다."

풍천이 한쪽 암벽으로 다가갔다.

암벽에는 가슴 높이로 두 개의 주먹만 한 구멍이 패어 있었는데 풍천은 그 구멍에 각기 오른손과 왼손을 밀어 넣었다. 마치 양손이 열쇠라도 된다는 듯한 모습이었다.

고개를 갸웃하며 바라볼 때, 풍천의 양손에서 핏빛 광채가 일었다.

'흡!'

섬뜩한 마의 기운이 넘실거려 도유강은 어깨를 움츠렸다.

열쇠가 맞았다.

단지 손이 아닌, 손에서 발출되는 마기였다.

'정파인들이 발견한다 해도 결코 비동으로 들어올 수 없겠구나. 이건 마치 유청청의 수중 비동과 같지 않은가.'

그 생각이 떠오르자, 도유강은 이내 마음이 저려왔다.

동정호의 수중 비동은 마공을 익힌 자는 접근이 불가하다.

열폭마군의 진전을 잇는다면 다시는 수중 비동으로 들어갈 수 없는 것이다. 비록 그곳에 그녀는 없지만 유골은 남아 있다. 세상에서 가장 안전한 곳이란 생각에 훗날을 기약하며 수습하지 않았던 것인데…….

이제 그녀의 흔적, 그녀와의 추억이 사라진다.

그그그그긍…….

땅이 진동하며 암벽이 둘로 갈라졌다.

쿵!

열린 공간 너머로 돌계단이 드러났다.

도유강은 물끄러미 안쪽을 바라봤다.

'청청…….'

슬픔이 가슴 밑바닥에서부터 솟구친다.

"주군, 들어가시죠."

풍천이 나직이 말했다.

도유강이 걸음을 옮겼다.

암벽이 닫히기 시작했다.

그그그긍…….

쿵!

육중한 굉음, 그건 마치 새로운 세계의 시작을 알리는 것 같았다.

도유강이 벽을 돌아보았다.

'…안녕.'

    *   *   *

스스스슥…….

분화구 위에서 한 그림자가 떨어져 내렸다.

자욱한 연기를 뚫고 수직으로 낙하한 그림자는 분화구 안쪽 바닥에 도달할 무렵, 빙글 세 바퀴를 회전하더니 가볍게 두 발을 땅에 디뎠다.

"흐흐흐, 네놈들이 보물덩어리로구나."

그림자, 아니, 무영신투가 낮게 웃음을 흘렸다.

느닷없이 인피면구를 착용해 잠시 헷갈렸지만 이내 다시 찾을 수 있었다. 이 천하에 안하무인인 작자들로서는 나름 귀찮음을 면하고자 인피면구를 썼는지는 모르지만 개념없이 '풍천, 풍천' 하고 떠들어대면 천하제일신투로서 자존심이 있지 놓치고 싶어도 놓칠 수가 없는 것이다.

그렇게 사천성에서 귀주까지 은밀히 뒤를 밟았다.

그리고 보람이 있었다.

부취객을 팔아넘긴 죄의식도 날아가 버렸다.

이 두 놈은 보물지도를 손에 넣은 것이 틀림없었다.

그것도 값을 매기기 힘든 천고의 신병과 무공!

무영신투는 주변 벽을 살피기 시작했다.

"후후, 이곳이군."

벽의 재질이 다른 곳과 미세하게 달랐다.

그리고 가슴 높이로 뚫려 있는 두 개의 구멍.

천하제일신투라는 별호는 거저 얻은 것이 아니었다.

그는 지금껏 원하는 것을 훔치지 못한 적이 없었다. 보물이 사라진 뒤에도 보물의 주인들은 영문을 모른다. 어떤 기관 장치나 기문도 그 앞에는 있으나마한 것들이었다.

무영신투가 '장소를 알아냈다'는 말은 곧 '보물이 이미 사라졌다'와 동의어였다.

쓰윽, 쓰윽…….

무영신투가 벽을 쓰다듬었다.

볼도 부볐다.

이 어찌 사랑스럽지 않은가.

그러다 이별이 아쉬운 연인처럼 한동안 바라보며 말했다.

"너무 그렇게 바라보지 마라. 내 마음이 아프지 않느냐. 금방 다시 올 테니 조금만 기다리면 된다."

벽을 향해 위로의 말을 건넨 무영신투가 흰 그림자의 잔영을 남기며 분화구 위로 솟구쳤다.

* * *

계단의 끝에서 본 지하 비동은 장관이었다.

화아악~

강렬한 열기가 온몸을 엄습한다.

"호수로구나. 용암의 호수."

천장은 높았고, 비동은 넓었다.

바닥은 거의 대부분 용암으로 부글부글 끓고 있었다.

면적은 삼백여 평!

용암 호수에 발을 디딜 수 있는 곳은 중앙에 마련된 이십여 평 남짓 되는 섬뿐이었다.

"이곳이 맞느냐?"

도유강이 물었다.

아무리 이해하려 노력해 봐도 여긴 정말이지 사람이 살 수 있는 환경이 아니었다.

풍천이 바로 대답했다.

"네, 주군. 열폭마군은 이곳에서 지냈으며 자신의 절학을 남겨두었습니다. 섬의 사각기둥에 안배의 모든 것이 담겨 있습니다."

"터무니없이 강력한 처벌이로구나."

역시 마교란 생각이 치고 들어온다.

그리고 자신은 지금 마교 교주가 될 몸.

부들부들······.

"그렇습니다. 차라리 죽여주었으면 했을 것입니다."

"곤란한 자로군. 그런데도 자신의 절학을 남겼다?"

"주군, 원래 마인들은 제정신이 아닌 자들입니다."

도유강이 풍천을 노려봤다.

'네놈이 할 소리는 아닌 것 같은데······.'

풍천이 바로 말을 이었다.

"또한 절학을 남김은 마치 유산을 남겨두는 것과 같다고도 할 수 있습니다. 절세의 무인일수록 그러할 것입니다. 주군, 섬으로 이동하시지요."

섬으로 옮겨 도유강은 안배의 전부라는 기둥을 살폈다.

색깔은 묵빛!

재질은 옥(玉)의 일종.

높이는 키보다 조금 작다.

사각 둘레는 보통의 나무만 했다.

선 자리에서 좌우면에 용의 형상이 양각되어 있었고, 전후면에는 아무런 글귀나 문양도 발견하지 못했다.

풍천이 말했다.

"주군, 화룡을 얻기 위해선 세 과정을 밟으셔야 합니다."

"듣고 있다."

"먼저는 열폭마군이 연단한 단약을 드시게 됩니다. 그다음 과정으로는 심결을 익히시게……."

"잠깐!"

도유강이 급히 외쳤다.

"그 단약은 어떤 성질의 것이냐? 지주현공을 익힐 당시 내 단액을 복용하고 고통당한 걸 기억하고 있으렷다!"

이미 한번 쓴맛을 본 적이 있다.

자라 보고 놀란 가슴 솥뚜껑 보고 놀란다고 했다. 소심하다고 해도 어쩔 수 없다. 고통은 고통인 것이다. 게다가 열폭마군은 마교에 감정을 지닌 자가 아닌가.

"기억하고 있습니다. 이 단약을 복용해도 주군의 옥체는 어떤 고통도 당치 않으실 것입니다. 아수라천마께서는 온전히 쾌청한 기분이 들 것이라 하셨습니다."

"사실이냐?"

"그렇습니다, 주군. 반드시 단약을 복용하셔야 하는 이유는 오직 단약을 복용한 자만 여기 빈 기둥에 기록된 구결을 볼 수 있기 때문입니다. 그건 마치 지주현자가 내단액을 복용한 자에게만 지주현공이 전수되도록 안배한 것과 같은 이치입니다."

"정녕 흡사하구나."

"네. 마지막으로 기둥의 좌우면에 양각된 화룡의 진식을 팔에 새기시면 그것으로 주군께선 화룡의 주인이 되십니다."

"알겠다."

풍천이 기둥 아래쪽 석판을 열고 철갑을 꺼냈다.

도유강은 기둥 앞에 가부좌를 틀고 앉았다.

"주군, 받으십시오."

단약은 흉측스럽게도 칙칙한 잿빛이었다.

형태가 화산재를 뭉쳐 놓은 것도 같고, 또 어떻게 보면 열폭마군이 몸의 때를 비벼 만든 것처럼도 보였다.

"확실하겠지?"

"물론입니다."

바로 단약을 입에 넣었다.

혀에 닿자마자 신맛이 강하게 퍼졌다.

꿀꺽.

'하나, 둘, 셋, 넷······.'

도유강은 속으로 숫자를 헤아리며 변화를 기다렸다.

과연 지옥이냐, 극락이냐.

거의 오십가량을 헤아릴 때였다.

쏴아아아아~

"하아······."

도유강은 황홀경에 빠져 자신도 모르게 입을 벌렸다.

말로 형용할 수 없는 청량함이 단전에서부터 전신 사지로 퍼져 갔다. 흉측한 모양과 신맛과는 어울리지 않는 포근하고 따사로운 기운이 전신을 어루만지고 있었다.

그리고······.

번쩍!

기운이 온전히 두 눈으로 모이는 순간, 도유강은 기둥 위에 나타난 황금빛으로 빛나는 글귀를 볼 수 있었다.

신비스러운 광경에 감탄할 새는 없었다.

지주현공을 익힐 때처럼 전혀 의도하지 않았음에도 그 모든 심결이 새겨지듯 머릿속에 박히기 시작했다.

"후우우~"

도유강은 길게 호흡을 토하며 심결의 각인에서 벗어났다.

얼마나 시간이 지난 것일까?

전수 방식은 지주현공과 온전히 일치했다.

내단액 대신 단약이요, 그 후 볼 수 없는 것을 보게 되며, 구결이 머리에 꽂히듯 박힌다. 그리고 심결의 운용은 마치 오래전부터 익혀온 것처럼 체득되는 것이다.

두 사람의 공통점은 '강한 의지'에 있었다.

반드시 후인에게 절학을 전수하고야 말겠다는 의지!

절학을 실전시킬 수 없다는 숭고함.

도유강이 몸을 일으키며 물었다.

"얼마나 지났느냐?"

지주현공 때는 잠깐이라고 생각했던 것이 열흘이었다.

"한 시진입니다."

"그래? 의외로구나. 열폭마군이 더 뛰어나다는 것인가?"

"주군의 말씀이 옳습니다. 열폭마군은 지주현자 같은 정파의 버러지와 비교할 자가 아닙니다."

정파 혐오증에 걸린 풍천의 말이었지만 도유강은 담담히 고개를 끄덕였다.

"네 말이 과하긴 하나 완전히 틀린 말은 아닌 것 같구나. 열폭마군은 후대에 전해오는 이야기와 다른 자임이 틀림없다. 제련한 단약의 청청한 기운을 볼 때, 그는 죽음보다 더한 곳에 유폐되었음에도 결코 누구도 원망치 않은 것이다. 어쩌면 천겁광마 시해 사건도 오해일지도 모른다는 생각이 드는구나. 단약의 안온한 기운뿐 아니라, 심성을 파괴하는 어떤 징후도 없으니 말이다."

"……."

풍천은 대답이 없었다.

도유강은 크게 신경 쓰지 않고 말했다.

"마지막 과정에 들어가자."

"이제 두 팔 안쪽에 화룡의 진식을 새기시면 됩니다. 주군, 상의를 탈의하신 뒤, 심결을 운용하시면서 기둥의 양쪽 면에 팔을 대고 계시면 됩니다."

도유강은 곧바로 상의를 벗고 심결을 운용했다.

기분 좋은 청량감이 전신 사지백해를 휘감아 돌았다.

정녕 마공이라고 믿긴 힘든 상쾌함이었다.

어찌나 청명한지 마공이 인격체라고 한다면 오해한 것에 대해 사과하고 싶을 정도였다.

그리고…

'열폭, 그대는 선인(善人) 중의 선인이라 할 만하오.'

마음속으로 열폭마군에게도 진심을 보냈다.

"주군, 부디 화룡을 얻으십시오!"

풍천이 쓸데없이 용기를 북돋웠다.

도유강은 잔잔히 미소를 머금었다.

선인 중의 선인인 열폭마군의 안배다.

얻지 못할 이유가 없다. 백번이고, 천번이고!

'가자, 도유강!'

망설임은 없다.

오직 단호함만이 존재할 뿐!

도유강이 선 채로 두 팔을 사각기둥의 양쪽 면에 댔다.

그 순간 기둥에서 자력이 뻗어나오며 심법을 옭아맸다.

슬쩍 팔을 움직여 보았다.

꿈쩍도 하지 않는다.

강제적인 전수는 이번에도 적용되고 있었다. 진식이 새겨지고 나면 저절로 팔을 뗄 수 있게 한 모양이었다.

맞닿은 부분은 부담없는 온기를 발하고 있었다.

반 각여가 빠르게 흘렀다.

"오!"

도유강이 탄성을 토했다.

기둥으로부터 따스한 기운이 맞닿은 팔을 타고 물결이 치듯 전신으로 퍼져 갔다.

단약을 복용했을 때나 심결을 운용했을 때는 이보다 더 쾌청한 기분은 세상에 없을 것이라고 생각했지만 그건 오산이었다. 수배는 청명한 기운이 감돌아 순식간에 온갖 근심과 걱정이 온데간데없이 사라졌다.

"풍천!"

"네, 주군."

"한 가지는 확실히 말해주마. 열폭마군은 결코 마인이 아니었다. 화룡도 또한 마공이 아니다. 이 기운은 말로 형용하기 힘들 정도로 정순하고 온화하다."

"……."

풍천은 또 대답이 없었다.

"하하하!"

도유강은 기분이 좋아져 크게 웃음을 터뜨렸다.

"열폭마군은 악(惡)을 선(善)으로 갚는구나. 그런 자가 마교에 몸담고 있었다는 것이 신기한 노릇이다."

모두가 열폭마군과 같다면 마교 교주가 되는 것도 할 만하다 싶었다.

"좋구나. 좋아……."

지그시 눈까지 감고 도유강이 기운을 음미했다.

그러던 한순간,

'응?'

도유강이 고개를 갸웃했다.

기둥으로부터 전해지는 열기가 달라졌다.

뜨거워지고 있었다.

'뭐지?'

아직 견딜 만했지만 열기는 점점 더 높아져 갔다.

"풍천, 뭔가 잘못된 것 같다."

"……."

풍천이 다시 한마디 대답 없이 물끄러미 바라보기만 했다.
"왜 아까부터 대답이 없는 것이냐! 점점 뜨거워진다. 으으, 방금 더 뜨거워졌다."
"……."
"너 도대체 뭐 하는 놈이야!"
"……."
"안 되겠다. 이 기둥에 문제가 생긴 것이 틀림없다. 어어어… 뜨겁다. 크아아아악~ 뜨거워~"
이제 도유강은 두 팔이 매달린 채로 발버둥쳤다.
"……."
"크으아아아악~ 팔이 녹아내린다. 풍천! 빨리 이 기둥을 부숴라! 이대론 두 팔을 잃고 만다. 크아아아악~"
도유강은 비명을 내지르며 소금에 절여진 지렁이처럼 미친 듯이 꿈틀거렸다. 안온하게 전신 사지백해를 감돌던 기운은 뇌전의 열기로 변해 전신을 불태우고 있었다.
지옥의 불길, 그 이상의 열기였다.
몸이 떠오를 정도로 열기에 휩싸인 도유강이 미친 듯이 풍천을 불렀다.
"크아아아악~ 풍천! 뭘 꾸물거리는 것이냐! 서둘러라! 서둘러! 주군이 죽는 꼴을 쳐다만 보겠다는 것이냐!"
그때 풍천이 무심히 바라보다 몸을 돌렸다.
도유강이 소리를 꽥 질렀다.

"너 지금 뭐 하는 거야!"
풍천은 몇 걸음 걸어 쪼그려 앉았다.
그리고…….
귀를 막았다, 두 손으로 살포시.
휘이이잉~
바람이 부는 듯하다.
도유강은 비명을 잊었다.
호통을 치는 것도 망각했다.
고통도 잠시 느껴지지 않는다.
그렇게 시간도 멈추고, 온 천지가 멈추는 기분.
풍천이 쪼그려 앉아 귀를 막았다. 고개를 푹 숙인 채다.
'뭐지?'
짧은 의문을 토하고 나자 정지된 것 같던 시간이 돌아왔다.
그 순간,
파지지지직!
도유강은 그 소리와 함께 팔딱거렸다.
두 팔을 기둥에 붙인 채로 선불 맞은 멧돼지마냥, 물 밖으로 나온 싱싱한 잉어가 몸을 파다닥 튕기듯, 바람에 깃발이 펄럭이듯 그렇게 미친 듯이 발작했다.
"크아아아아아아아악!"
지금까지와는 비교조차 할 수 없는 고통이었다.
머리부터 발끝까지 지옥 불에 담기는 통증.

천 개의 벼락이 한꺼번에 내리꽂히는 관통감.
파지지지직!
"크아아아아아아아아아악!"
비명을 지르면서도 비명을 지르고 있다는 것을 모를 만큼 고통은 차원을 넘어서는 것이었다.
"크아아아아아아악! 사람 살려! 누가 좀 살려줘! 아버지! 아버지!"
파지지지지직!
"크아아아아아아아악! 아버지! 사랑한다며~ 크아아아악, 이런 건 아니잖아! 이런 게 사랑일 리가 없잖아! 크아아아악!"
파지지지지직!
"크아아아아아악! 풍천, 널 죽여 버릴 테다! 열폭마군, 이 새끼 널 찢어버릴 테다! 크아아아아아악!"
두 팔이 매달린 채 도유강은 깃발처럼 나부꼈고, 목청껏 비명과 저주를 토해냈다.
그렇게 소리치고, 몸부림치길 장장 반 시진(약 1시간).
뇌전의 열기도 끝을 보이기 시작했다.
도유강은 두 팔을 기둥에 붙인 채로 젖은 옷처럼 축 늘어졌다.
그래도 아직 끝이 아니었다.
지진의 여진처럼 뇌전은 파지직거렸고, 그때마다 물고기의 마지막 꿈틀거림처럼 도유강은 파다닥, 경련했다.

파지직!

파다닥!

그러던 한순간,

파스스스…….

김빠지는 소리와 함께 도유강은 기둥에서 떨어져 나왔다.

주르륵, 바닥으로 늘어진 도유강이 옆얼굴을 바닥에 댄 채로 '하악, 하악' 대며 풍천을 찾았다.

풍천은 여전히 등을 돌린 채 귀를 막고 있었다.

아니다. 바뀌었다.

가끔씩 귀에서 손을 빠르게 뗐다 붙였다 하면서 '아아아' 거린다.

도유강은 한 줌의 힘도 없어져 그 모습을 붕어처럼 눈을 느릿하게 깜박이며 바라봤다.

"…나쁜 새끼."

第三章
화룡, 그 가공할 위력!

전전
궁궁
마고교주

기운은 서서히 모아졌다.
그러다 속도가 붙더니 일식경이 지나자 운신이 가능해졌다.
전신이 녹을 듯한 지옥 불이었다.
수천 개의 벼락이었다.
그런데 몸 어디에도 화상 자국이 없었다. 심지어 기둥에 맞댄 팔의 안쪽도 말끔했다.
'자, 몸은 됐고.'
도유강은 풍천을 바라봤다.
풍천은 여전히 귀를 막은 채 쭈그려 앉아 있었다.

도유강이 뚜벅뚜벅 걸어가 풍천의 머리를 짓밟았다.
퍼억!
"죽어버려!"
풍천은 모로 쓰러져 밟힌 채로 여전히 귀를 막고 있었다.
도유강이 지근지근 밟았다.
"죽어! 죽어! 죽어! 나가 죽어!"
풍천이 이젠 두 손으로 머리를 감싸고 신음 소리를 냈다.
"주군이 살려달라는데 귀를 막아! 이 버러지 같은 놈아, 네가 사람이냐! 마귀냐! 아버지를 핑계 삼아 즐기는 것이냐! 왜 귀를 처막고 아아, 거려! 네놈이 그리고도 심복이란 거냐! 그냥 제발 좀 죽어버려!"
그렇게 한동안 밟아대던 도유강이 한숨과 함께 발을 뗐다.
의자로 찍을 때마다 죽은 척하던 놈이다.
게다가 혼강으로 찔러도 피 한 방울 안 나던 놈이다. 더 밟아봐야 발만 아플 뿐.
"일어나!"
풍천이 뭉기적거리며 일어섰다.
그리고 바로 머리를 조아렸다.
"주군, 화룡의 주인이 되신 것을 경하드립니다."
"그래, 좋기도 하겠다. 이 마귀 같은 놈아! 왜 미리 말을 하지 않은 거냐!"
"죄송합니다."

"유일한 심복이란 것이 귀를 막다니. 기도 안 차는군."

"죄송합니다. 주군께서 괴로워하는 소리를 들으면 소인이 견디지 못하고 기둥을 부술 것 같았기 때문입니다."

"흥, 제법 말이 늘었구나."

"죄송합니다."

"이제 모두 끝난 것이냐?"

"네."

"화룡도는 어디에 있느냐?"

"이미 주군께서 지니고 계십니다."

"……?"

"화룡을 부르는 법은 간단합니다. 주군께서 심결대로 운용하시면서 두 팔의 안쪽에 새겨진 진식을 엇갈려 맞대면 화룡도, 불의 칼이 출현하게 됩니다."

"진식이라니? 내 팔 어디에도 진식은 없다."

이미 살펴본 바, 용의 꼬리조차 팔에는 새겨져 있지 않았다.

"주군, 심결을 운용하신 후 두 팔을 엇갈려 맞대는 순간 숨겨진 문양이 빛납니다. 그 순간 주군께선 화룡을 쥐고 계실 것입니다."

"흐음, 기괴하구나."

신비로운 일이었다.

하긴 천룡도는 영성을 지녀 주인이 임종을 맞으면 비동으로 다시 돌아온다고 했다. 또한 이미 그림 속으로까지 들어가 백팔 일을 보내고 온 걸 따지자면 화룡도의 발현이 대단할 것까지는 없는 것인지도 모른다.

그러나 한 가지 이해하기 힘든 부분이 있었다.

단약 복용 후 각인된 심결은 온전히 내력의 운용일 뿐이었다. 그건 화룡을 불러내는 것이 전부인 셈이었다.

도유강이 입을 열었다.

"열폭마군의 심결 중에 화룡을 다룰 초식이 없다는 것을 알고 있느냐?"

"알고 있습니다. 아수라천마께서는 그에 대해 이렇게 말씀하셨습니다. '화룡은 제 스스로 갈 길을 찾는다. 무엇보다 빠르고, 무엇보다 난폭하게 목숨을 취한다. 초식은 무의미하다' 라는 전언이셨습니다."

도유강은 의문만 커졌다.

'무엇보다 빠르고, 무엇보다 난폭하다라. 뭔가 굉장해 보이긴 하지만 그렇더라도 초식이 무의미하다니?'

초식은 그 각각의 내공의 운용에 맞물려 최대한의 효과를 이끌어낸다. 물론 극의 경지에 이르면 초식은 비로소 무의미해진다.

초식을 받아들이고, 결국 버린다.

버리기 위해선 버릴 것들이 필요하다.

그런 의미에서 초식은 중요했다.

무학의 관점에서 화룡도는 이해불가인 셈이었다.
"흐음, 직접 펼쳐 화룡을 불러보면 알 수 있겠지."
"그러시겠습니까?"
풍천이 말하며 세 걸음을 물러서며 거리를 두었다.
"뭐냐?"
도유강이 갸웃하며 물었다.
"……"
"설마 너는 화룡이 두려운 것이냐?"
"소인은 두렵습니다."
도유강은 당장 기분이 좋아졌다.
'오오, 이것 봐라?'
지주비동에서처럼 거짓으로 꾸미는 모습이 결코 아니었다. 이제 그 정도 진위여부는 구분할 수 있었다. 풍천은 벌써 예비 운기에 들어가 기운을 흘리기 시작했다.
'후후, 고통을 당한 보람이 있구나.'
화룡도를 포함한 모든 고난의 행군은 풍천을 꺾고자 함이 아니던가. 앞으로의 험난한 길이 여기에서 끝날 수도 있다는 뜻이었다.
"펼쳐 보이겠다. 너는 비무를 준비하라."
"……"
풍천이 눈을 가늘게 뜨더니 다시 한 걸음 물러서며 검을 뽑았다.

화룡, 그 가공할 위력! 61

스릉!

지이이잉, 하며 금빛 검강이 맺혔다.

도유강은 즉시 심결을 운용하고 두 팔을 사선으로 교차했다.

별안간 팔의 안쪽에서 두 마리의 화룡이 나타났다.

불길에 휩싸인 용이었다.

'이것이 화룡이로구나!'

두 마리의 화룡이 서로의 몸을 휘감으며 솟구쳐 오르더니 하나로 화한다.

형용하기 힘든 신비로움!

그것은 용의 형상을 띤 불의 칼이었다. 화룡의 형상은 도(刀)의 외곽에 반투명한 형태로 남아 있었다.

이 모든 것은 눈 깜짝할 사이에 일어난 일이었다.

그 찰나의 종착역에서 도유강은 화룡과 함께 타올랐다.

화르르륵!

그리고 동시에, 파지지지직!

"크아아아아아아아악!"

도유강이 기합성인지 비명인지를 토해냈다.

그리고 다시.

"뜨거워! 타버려! 크아아아악! 죽여 버리고 싶어! 크아아아악~"

쏴아아아!

도유강이 광속으로 전진해 풍천을 향해 화룡을 그었다.

무엇보다 빠르고, 무엇보다 난폭했다.

물밖에 나온 물고기가 미치도록 파닥거리는 것처럼, 지옥불에 떨어진 자가 맞닿은 살 부분이 뜨거워 몸을 뒤집는 것처럼 엄청난 반사신경으로 화룡이 폭주했다.

풍천이 번개같이 맞받아쳤다.

카룽!

불꽃이 튀며, 풍천의 몸이 화룡의 기세에 벽에 닿을 듯 뒤쪽으로 밀려났다.

도유강이 눈이 뒤집힌 채 두 번째 도격을 가했다.

화룡도의 기합이 동시에 터졌다.

"크아아아아악, 뜨거~! 누구든 죽여 버린다~"

"홉!"

풍천이 짧게 숨을 들이키고는 뒤쪽 벽을 발로 찬 뒤 사선으로 화룡을 빗겨냈다.

콰룽!

화룡이 벽을 갈랐다. 도가 지난 곳이 와르르 무너지며 용암으로 떨어져 내렸다.

"크아아아악!"

도유강이 기합(?)을 내지르며 신형을 핑그르르 돌려 중앙 섬 쪽으로 빛살처럼 움직여 화룡을 내리찍었다.

풍천이 견고히 두 발을 땅에 딛고, 검강으로 맞받았다.

황금빛 검강과 화룡이 뒤엉키며 빛이 폭사했다.
번쩍!
콰광!
벼락치는 굉음과 함께 풍천이 검을 놓쳤다.
촤라라라락.
치이잉!
검이 격렬히 회전하며 천장에 박히더니 검신을 부르르 떨었다.
풍천이 빈손을 내려다보고 다시 천장으로 시선을 던졌다.
무표정이었지만 교차한 시선 속에 불신의 빛이 역력했다.
"크아아악!"
그 찰나, 도유강이 짓쳐들었다.
두 손을 뻗어 풍천의 심장에 박아 넣었다.
어찌나 깊숙이 밀어 넣었는지 도유강의 손이 풍천의 가슴에 닿았다.
화룡이 풍천의 몸을 뚫어버린 것이다.
도유강은 서서히 고통에서 벗어났다. 그리고 자신이 풍천을 죽였다는 사실을 깨달았다.
죽이려고 한 건 아니었다. 그저 부상만 입히고, 몸을 빼낼 수만 있다면 그것으로 족하다고 생각했다.
하지만 화룡은 그럴 여유를 용납지 않았다.
지옥의 불길, 그 고통 속에서 몸부림치며 난폭한 일격을 가

해야 한다는 생각 외엔 아무것도 떠오르지 않게 된다.

무엇보다 빠르고, 무엇보다 난폭하게!

무초식의 본능적인 살인 감각으로 가장 이상적인 살격을 펼치는 것이다.

풍천의 말이 떠올랐다.

"열폭마군은 언제나 적과 맞설 때면 느긋하게 대화하길 좋아했다고 합니다. 상대가 공격해 와도 되도록 대화를 나누자며 회피하다 도저히 안되겠다 싶을 때면 화룡도를 뽑아 들었다고 합니다."

말로 합시다, 말로. 제발 좀 말로 하자니까!

이랬을 것이다. 이제 이해가 된다.

그럴 수밖에 없는 도법이었다.

화룡을 발현하면 시전자는 지옥 불에 휩싸여 죽음 같은 고통을 맞고, 상대는 최후를 맞는다.

열폭마군이 대화를 시도하려던 건 조롱이 아니었다. 상대를 배려한 것도 아니다. 그저 스스로 고통에 빠져들고 싶지 않았기 때문이었다. 화룡은 위력만큼이나 그 주인에게 끔찍한 지옥을 선사한다.

그리고 지금… 풍천을 죽였다.

그 진실에 도유강은 정신이 아득해졌다.

"주군······."

풍천이 느릿하게 불렀다.
도유강은 고개를 들 수가 없었다.
눈을 마주할 용기가 나지 않는다.
그동안 풍천과 함께한 나날들이 주마등처럼 지나갔다.
행복한 추억이라곤 단 하나도 없는, 말도 안 되는 기억들⋯⋯.
그런데 왜일까?
울컥하고 눈시울이 뜨거워졌다.
"미안하다⋯⋯."
"주군께선⋯ 온전히 화룡의 주인이 되셨습니다."
"난⋯ 난⋯⋯."
주르륵⋯⋯.
끝내 도유강은 눈물을 흘리고 말았다.
풍천이 도유강의 어깨를 잡아 몸을 뗐다.
"주군!"
도유강이 고개를 들었다.
눈물이 두 뺨에 흘러내리고 있었다.
"주군, 언제까지 감동만 하고 계실 생각입니까?"
"가, 감동?"
도유강이 눈을 빠르게 깜박거렸다.
그리고 손을 내려다봤다.
이제 온전히 고통은 사라지고, 두 손에 불같이 머물던 감각도 사라졌다. 더불어 타오르던 화룡도는 어디에 있는지 찾을 수 없었다.

풍천의 가슴도 구멍 없이 제대로 메워져 있었다.

풍천이 나직이 말했다.

"화룡이 아무리 위력적이라 해도 여기에서 이리 만족하시면 곤란합니다. 아직 갈 길이 멀기 때문입니다."

"너, 너 왜 안 죽냐?"

"하하하하! 주군, 농담이 지나치십니다. 제가 어찌 주군을 두고 죽을 수 있겠습니까? 주군께서 천하제패를 이루기 전 소인이 죽을 일은 없습니다. 하하하하!"

"부, 분명히 화룡에 당했……."

"화룡은 오직 세 번의 기회, 달리 표현하자면 무형식의 삼초식만 유지할 수 있습니다."

"아!"

비로소 이해가 되었다.

요오산에 들어와 갑자기 이해되는 것들이 너무 많다.

마지막 풍천을 향한 일격은 사 초라 할 수 있었다.

하긴 무한대로 화룡을 유지할 수 있다 해도 문제긴 문제다.

무한대의 고통은 어떻게 감당할 것이며, 화룡으로 인해 천하의 모든 이를 죽여 버리는 살인마가 되고 말 것이다.

결국엔 천지간에 홀로 남아 허공에 칼부림을 하며 고통에 몸부림치다 죽고 말리라.

도유강은 풍천을 바라봤다.

"휴우……."

다행이란 생각이 들면서 또 아쉬운 건 뭘까.

이젠 애증의 존재가 되어버린 망할 놈의 심복.

도유강은 복잡한 심경으로 한숨을 내쉬었다.

어쨌든 '이제 또'인 것이다.

"주군, 화룡을 발현하시느라 많은 심력을 소모하셨을 터인데 가볍게 화룡의 심결을 운용함이 어떠신지요? 그렇게 하시면 몸이 더욱 충만해지실 겁니다."

"흠, 그래?"

두 손을 교차하지 않으면 그만이었다.

심결은 안온한 기운으로 전신을 부드럽게 어루만질 것이다.

도유강은 가만히 심결을 끌어올렸다.

그 순간,

찌릿!

등골에 극통이 일며 뒷목까지 치고 올라왔다.

처음엔 이렇지 않았다.

화룡을 한번 발현한 뒤라서 심결운용만으로도 이제 고통을 느끼게 된 것이란 말인가!

물론 화룡을 발현할 때의 고통에 비하면 어린아이 장난 같았지만 그건 최악 중의 최악인 고통이었고, 이건 이것대로 가벼운 통증이 아니었다.

그때였다.

풍천이 두 팔을 덥석 붙들었다.

도유강이 눈을 부릅떴다.

"뭐냐?"

풍천이 두 팔을 잡아끌고 냅다 기둥 좌우면에 댔다.

기둥의 자력이 일어나 심결과 얽혀들며 두 팔이 온전히 붙어버렸다.

"안 돼! 안 돼! 이 새끼야, 뭐 하는 짓이냐! 아까 죽이려 했다고 이제 복수를 하는 것이냐? 화룡은 조절이 안 된다는 것을 모른단 말이냐! 네놈이 그러고도 아버지가 만든 심복이라는 거냐! 으아아악, 또 뜨거워지고 있다! 제발 어떻게 좀 해라!"

풍천이 그 앞에서 팔짱을 끼었다.

"주군, 아수라천마님의 뜻입니다."

"아버지가? 무슨 헛소리냐! 아버지가 그럴 리 없다!"

"화룡의 진식은 오직 세 번만 부를 수 있습니다. 세 번이 다하면 이곳에 오셔서 완전한 형태로 보충, 즉 충전하셔야 합니다. 아수라천마께서는 이렇게 말씀하셨습니다."

그다음부터 풍천은 아버지의 음성을 흉내내며 말했다.

"우선적으로 천룡도를 얻되, 뜻하지 않는 변고가 발생할 시 화룡을 취하도록 하라. 화룡은 내 아들을 언제 어느 때든 지켜줄 것이다. 하나 진식의 각인은 오직 세 번의 발현 기회만 주어질 뿐. 한 번이라도 사용하였고, 요오산에 근접해 있다면 반드시 다시 채우도록 하여라. 이는 강제로라도 이행해야 할 것이다."

"주군, 절체절명의 순간은 언제 어떻게 찾아올지 모른다는 아수라천마님의 뜻을 기쁘게 받아들여 주십시오."
"아니, 아니다. 네놈이 곁에 있거늘 무슨 절체절명의 순간이란 것이냐! 거짓말이다. 이 망할 놈아, 내 앞에서 팔짱까지 끼고서 네놈이 아버지를 빌어 날 희롱하려는 것임을 모를 줄 아느냐!"

풍천이 물끄러미 바라봤다.
그러더니, 천천히 팔짱을 풀고 손을 내렸다.
이제 눈도 안 쳐다본다. 다른 델 보고 있다.
심복이란 놈이 딴청을 피우고 있다.
도유강은 멍해져 버렸다.
그리고.
파지지지직!
"크아아아아악!"
도유강은 다시금 육지로 던져진 물고기가 되고, 깃발이 되고, 소금에 절여진 지렁이가 되어 파닥거렸다.
풍천은 무심하게 바라보더니 천천히 몸을 돌려 쭈그리고

앉아 귀를 틀어막았다.
 기시감처럼 똑같은 상황이 반복되었다.
 시간이 지나 도유강은 축 처졌고, 다시 힘을 회복했으며, 풍천을 죽어라고 짓밟았다. 풍천은 끙끙거리며 무참하게 짓밟혔다.

 요오산 분화구 위로 올라선 순간, 도유강은 눈을 동그랗게 떴다.
 '뭐지?'
 세상이 달라졌다.
 용암 주변에 오래 있어서 이 세상이 달라 보이는 것일까?
 아니다. 눈에 보이는 세상은 그대로였다.
 그런데 달라졌다.
 '어떻게 된 거지?'
 천지간의 온갖 소리가 들린다.
 자연만물의 기운도 온몸으로 체감할 수 있었다.
 작은 풀벌레의 움직임!
 나뭇잎의 속삭임!
 바람결의 수많은 변화!
 그 모든 자연만물의 숨결이 손에 잡힐 듯 선명히 다가왔다.
 이내 도유강은 그 이유를 알 수 있을 것 같았다.
 '망할, 화룡도!'

뇌전의 열기에 수천 번 꿰였으니 전신의 감각이 개방되고 만 것이리라.

젠장, 전혀 고맙지 않다.

"주군, 감각이 열리신 것인지요?"

풍천이 알고 있었다는 듯 물음 아닌 물음을 던졌다.

도유강이 풍천을 노려봤다.

"내가 네게 물었던가?"

"아닙니다."

"묻기 전에는 닥치고 있어라."

"죄송합니다."

그때였다.

"응?"

도유강이 서남 쪽으로 시선을 던졌다.

저 멀리 바위틈 새로 이질적인 기운이 희미하게 잡혔다.

바로 안력을 돋웠다. 그러나 특별한 건 보이지 않았다.

"괴이하군. 분명히 자연의 흐름과는 미묘하게 어긋나는 기운인데……."

그때였다.

끼이이이익~

급작스러운 소음이 머리를 찢어놓았다.

도유강은 머리를 움켜쥐고 허리를 숙였다.

"아악!"

"주군!"
풍천이 다급히 몸을 붙들었다.
"방금 무슨 소리냐?"
"주군, 소리는 없었습니다."
"듣지 못했단 말이냐? 쇳조각의 마찰음을?"
"죄송합니다. 아무 소리도 듣지 못했습니다."
"뭐라고?"
도유강이 놀란 눈으로 풍천을 바라봤다.
풍천은 도리어 근심스러운 표정이었다.
"왜 내게만……."
쇠판을 비스듬하게 세워놓고 못으로 긁는 소리였다. 미약한 소리만으로도 소름이 돋아나는데, 굉음에 가깝게 머리를 울렸다.
"설마 이것이 화룡의 후유증인 것이냐?"
"주군, 그 부분에 대한 말씀은 없었습니다."
"젠장!"
틀림없이 마공의 후유증이다.
온몸의 털이 일제히 곤두서는 불쾌감. 그것이 또다시 울린다고 생각하자 불안하기 짝이 없었다. 어쩌면 이렇게 슬슬 미쳐 가는 것은 아닐까 싶기도 했다.
도유강은 서남쪽으로 다시 시선을 던졌다.
이질적인 기운은 어느새 온데간데없이 사라졌다.

'휴우, 역시 착각이었나…….'
헛소리가 들리는데, 헛 느낌이 들지 말란 법도 없었다.

*   *   *

스스슥…….
분화구 아래로 무영신투가 신형을 날렸다.
척!
바닥에 발을 딛자마자 고개를 들어 뻥 뚫린 하늘을 올려다봤다. 충분히 시간차를 두고 진입했지만 놈들이 다시 들이닥칠 것 같은 불안을 떨치기 어려웠다.
위험했다. 방심할 수 없는 놈들이었다.
심복만 주의하면 된다고 생각했거늘 오산이었다.
정작 어린 주군이란 놈이 은형지둔을 간파하고 똑바로 쳐다본 것이다.
바라보던 그 두 개의 눈동자를 떠올리며, 무영신투는 자신도 모르게 몸서리를 쳤다.
시리도록 차가운, 냉혹한 시선이었다.
'도대체 뭐 하는 놈들인지 모르겠군.'
그러나 곧 무영신투는 상념을 떨쳐 냈다.
놈들은 갔고, 이제 언제나처럼 승리자가 될 시간이었다.
"기다리거라. 이 신투님께서 이곳을 턴 뒤 네놈들을 곧바로 뒤따라가 줄 테니."

　암벽을 쓰다듬고 볼을 비벼대면서 은밀히 '무흔만향(無痕萬香)'을 뿌려두었다. 이제 놈들은 부처님 손바닥 안이 아니라, 신투님 손바닥 안에 놓여 있었다.

　무영신투는 구멍 뚫린 암벽으로 다가가 세밀히 살피기 시작했다.

　"흠, 역시 진법이나 기문은 아니군."

　그렇다고 막무가내 힘으로 열 수 있는 것도 아니었다.

　가슴 높이에 뚫린 두 개의 구멍.

　무영신투는 구멍의 형태는 다르나 비슷한 환경을 돌파한 경험이 있었다.

　강서 석가장의 보물을 털 때였다.

　손을 밀어넣고, 내공을 일으킨다.

　내공이 충만해지면 손을 비틀어, 맺힌 내공력으로 회전시키면 끝이었다.

　망설임없이 손을 밀어넣고 내력을 일으켰다.

　구우우웅…….

　옅은 안개 형태로 구멍이 채워지며 공명음이 났다.

　벽이 미세한 반응을 보이기 시작한다.

　무영신투는 뛸 듯이 기뻤다.

　"하하하하, 되는구나."

　무영신투는 탐욕으로 젖은 눈을 굴리며 크게 웃었다.

"하하하하, 그래그래, 어서 열리……."

무영신투는 말을 맺지 못했다.

구멍 안에 밀어 넣은 손이 이상했다.

구멍에서 모종의 힘이 회오리치며 손을 꽉 붙들었다. 힘을 주어 잡아 빼려 했지만 꿈쩍도 하지 않았다.

"뭐, 뭐냐?"

그 순간이었다.

파지지직!

"으아아아아악!"

무영신투는 혼백이 날아가 버렸다.

그리고 두 손이 붙들린 채로 무영신투의 몸이 미친 듯이 펄럭였다. 마치 강풍에 펄럭이는 깃발이라도 된 듯한 모습, 그것은 바로 도유강이 당했던 그 펄럭임이었다.

분화구 위로 두 사람이 나타났다.

"내 감각이 맞았구나."

"주군, 훌륭하십니다."

파지지지직!

"끼아아아아악~"

분화구 아래서 안배 도둑놈이 비명을 질러댄다.

두 사람이 다시 돌아온 경위는 이러했다.

요오산을 내려가며 도유강은 이상 기운에 대해 말했고, 풍천은 느끼지 못했다고 했다. 그러나 풍천은 새로운 감각이 열린 것을 신뢰했고, 두 사람은 다시 돌아왔다.

그다음은 아니나다를까, 파지직, 이었다.

도유강과 풍천은 신형을 날려 바닥에 내려섰다.

침입자는 손이 벽에 붙들린 채 미친 듯 요동치며 비명을 내지르고 있었다.

풍천이 모가지를 움켜쥐고 빼내려 했다.

"풍천."

도유강이 나직이 불렀다.

풍천이 돌아보자, 도유강이 천천히 고개를 저었다.

"놔둬라."

풍천이 뜻을 알아차리고 물러섰다.

덕분에 침입자, 무영신투는 지옥에서 구원받을 기회를 놓치고 깃발이 되어 펄럭였다.

도유강은 아직 상대가 누구인지 몰랐지만 이자가 천룡도를 선취한 자라고 확신했다. 결국 이자 때문에 말로 형용할 수 없는 화룡의 고통을 당했으니 '너도 당해봐라'라는 마음이 드는 것은 당연했다.

"그나저나 열폭마군은 지독하구나. 외부 침입자는 용납할 수 없다는 강력한 의지라니."

도유강이 느긋이 팔짱까지 끼고 말했다.

"주군, 열폭마군이 아닙니다."

"그럼?"

"화룡은 열폭마군의 절기이나, 정작 이곳을 만드신 분은 천겹광마님이십니다."

"그, 그런 것이냐?"

"당대 지존의 옆구리에 구멍이 날 뻔한 일입니다. 설혹 비무였다 해도 지존께서 직접 노고를 아끼지 않을 이유로는 충분합니다."

"그렇다는 건 기둥의 진식도?"

"맞습니다. 열폭마군은 원래 수개월에 걸쳐 용암지대에서 열기를 보충하는 것으로 화룡을 부렸습니다. 그러던 것을 천겹광마님께서 단시간에 채울 수 있게 진식을 세워두신 것입니다. 그분은 은혼섬을 창안하실 만큼 불세출의 무존이셨기에 가능한 일이었습니다."

"왜?"

"자주 쓰도록 하려는 뜻으로 알고 있습니다."

"말도 안 되는 소리! 열폭마군이 미치지 않고서야 홀로 유폐되어 있는 상태에서 화룡의 진식을 각인하였겠느냐?"

"천겹광마님께서 심심찮게 불러내 임무를 맡기셨다 합니다. 이렇듯 지존을 해치려는 자의 말로(末路)는 참담한 것입니다."

"그래도 열폭마군이 다른 무공을 사용해 임무를 완수할 수도 있었지 않겠느냐!"

"오직 화룡만 부릴 줄 알았다 합니다."

"허허허, 대단하군, 대단해."

그렇게 도유강과 풍천이 나름 한가한 대화를 나누고 있는 동안에도 파지지직, 하는 소리와 함께 무영신투는 미친 듯이 비명을 내지르며 팔딱거리고 있었다.

도유강은 이제 무료해지려 했다.

대충 펄럭이고 이젠 좀 멈췄으면 하는데 꽤 오래가고 있다.

"언제 멈추는 것이냐?"

"……."

풍천이 대답없이 바라만 봤다.

"왜 그러느냐?"

"주군, 멈추지 않습니다. 죽어야 끝납니다."

"허허허……."

하도 기가 막혀 웃음이 나왔다.

하긴 이 고통은 침입자에 대한 처벌의 목적.

화룡의 심결이 없이 당하는 고통은 감각의 각성조차 얻을 수 없는 그저 죽을 때까지의 고통이리라.

적당히 화풀이를 하고 본격적으로 심문하려 했거늘 끝이 없다고 하니 이제 멈춰야 할 때였다.

"끌어내라."

"존명!"

풍천이 모가지를 잡고 무 뽑듯 뽑아냈다.

무영신투는 두 팔을 낙지처럼 흐느적대며 눈을 힘없이 떴다 감았다 했다.
"정신을 차리게 해라."
"존명!"
풍천이 짧게 답하고, 무영신투의 모가지를 돌렸다.
뚜드득!
"쫴애액!"
순간 무영신투가 눈을 부릅떴다.
희미해지던 정신이 번쩍 깨어났다.
뚜드득!
그 상태에서 풍천이 다시 목을 돌려 원상복귀시켰다.
"쫴애액!"
무영신투는 정신이 들다 못해 소름이 쫙 끼쳤다.
자기 의지와 상관없이 갑자기 백팔십도 뒤를 보고, 또다시 백팔십도 돌아온 것이다. 이렇게 되면 정신을 안 차리려야 안 차릴 수 없다.
"꽉 잡아라."
도유강이 명했다.
"네?"
풍천이 얼떨떨하게 물었다.
"닥치고 꽉 잡아!"
"존명!"

풍천이 영문을 몰라 하면서도 무영신투를 단단히 붙들었다.

도유강이 박자를 맞추듯 발을 굴려 주먹을 날렸다.

퍼억!

무영신투의 얼굴에 작렬.

내력을 실어 날린 것이 아닌, 순수한 주먹다짐이었다.

"으윽!"

무영신투는 고개가 돌아가며 머릿속이 하얘져 버렸다.

그냥 때리고 있었다, 내공도 안 싣고.

도유강이 벼락같이 외쳤다.

"네놈 때문에!"

무영신투가 눈을 크게 떴다.

"……?"

"내가!"

"……?"

"몇 번이나 죽은 줄 아느냐!"

아느냐에서 다시 도유강의 주먹이 꽂혔다.

퍼억!

"크억!"

무영신투의 입술이 터졌다.

그 터진 입술을 부르르 떨었다.

뒤를 밟으며 괴상하고 무서운 놈들인 줄은 알고 있었지만 막상 당해보니 말로 하기 힘든 공포가 밀려들었다.

심복은 심복대로 산 채로 모가지를 돌려 버리고, 주군이란 자는 알아듣기 힘든 말을 하면서 그냥 주먹다짐이었다.

근데 이상하게도 주먹다짐 쪽이 더 공포스럽다.

도유강이 씩씩대는 사이, 풍천이 빠르고 낮게 말했다.

"무영신투!"

무영신투는 기겁해 버렸다.

"헉! 어, 어떻게……."

도대체 이자들은 언제부터 알고 있었단 말인가?

자신이 과연 천하제일신투가 맞는지부터 시작해 모든 것이 혼란스러웠다.

풍천이 천천히 고개를 끄덕였다.

"흐음, 무영신투가 이렇게 생긴 놈이었군."

무영신투는 이제 얼굴이 딱딱하게 굳어버렸다.

말도 안 되는 짐작에 낚여들고 말았다.

뭔가 상식적인 범주를 마구 무시하는, 도저히 판단이 불가능한 이상한 자들이었다.

무영신투는 진심으로 무서웠다.

도유강이 말했다.

"어디까지 알고 있는지, 또 누가 알고 있는지 밝혀내라."

"존명!"

풍천이 무영신투를 끌고 구멍 뚫린 암벽으로 끌고 갔다.

축 처진 무영신투의 두 손을 구멍 속에 밀어 넣었다.
"운기해라."
"네?"
"운기해."
암벽에서 쏟아져 나오는 고통은 차라리 모가지가 몇 바퀴 돌아가는 것이 나을 정도다. 그건 지옥.
"마, 말하겠습니다."
무영신투가 몸을 부르르 떨었다.

第四章
청주림

전전
  긍긍
마교교주

"천이통?"

도유강이 반문했다.

무영신투는 정주에서 야명주로 소란스러울 때부터 뒤를 밟았으며 사천에서 천이통으로 안배에 관한 이야기를 듣고 자공산에 먼저 오르게 되었다고 자백했다.

"네, 제게 천이통의 재주가 있습니다."

무영신투는 나이로 따지자면 손자뻘에 불과한 도유강에게 꼬박꼬박 존대했다.

그냥 쳐다봤다는 이유만으로 '눈 깔아라! 뽑아버린다!' 라는 호통과 함께 순식간에 모가지가 돌아갔다가 다시 돌아온

뒤부터였다.

"역시 천룡도는 네가 수습했다는 것이로군."

도유강은 말을 하고 나니 뒷목이 뻐근했다.

덕분에 화룡도에 세 차례나 불타 버렸다. 각인을 두 번, 화룡을 발현하면서 한 번. 도저히 용서가 안 된다. 이대로 밟아 버리고 싶다는 충동에 시달렸다.

"천룡도는 이미 사라진 뒤였습니다."

"뭐라고?"

"저도 당혹을 금치 못했습니다. 먼저 다녀간 사람이 있었던 것입니다."

무영신투는 철저히 천위칠군에 대한 부분을 숨겼다.

강호의 연륜, 그리고 본능적인 감각이 권고하는 대로 하고 있었다.

'사실대로 말하면 죽는다.'

뇌전에 고통당하며 누군가 지켜보고 있다는 것은 느꼈지만 대화는 단 한마디도 듣지 못했다. 그때는 비명을 지르기도 바빴기에 이들의 정체가 무엇인지 알 수 없었다.

그러나 확실한 것은 이들이 결코 정파인들이 아니며, 천위칠군과 대척점에 위치하고 있다는 것이었다.

그런 의미에서 천위칠군에 대해서는 마지막 한 수로 남겨두어야 했다.

"헛소리! 도둑놈이 세 치 혀로 빠져나가려 하느냐!"

도유강이 버럭 외쳤다.

바로 이어 풍천이 목을 꽉 눌렀다.

"믿을 수 없구나. 도둑놈 따위가 주군 앞에서 허튼소리를 늘어놓다니. 죽여 버리겠다."

시뻘건 혈광이 떠오르며, 살기가 바늘처럼 쇄도하여 무영신투를 찔러갔다.

무영신투는 원시적 공포, 숨쉬기조차 힘든 압력에 부들부들 떨고, 이를 딱딱딱거렸다. 간접적인 영향권에 있는 도유강조차 흠칫할 정도의 지독한 살기였다.

그러는 중에 풍천이 전음을 날렸다.

[주군, 이 도둑놈의 말은 사실입니다.]

[무슨 소리냐!]

[목 뒤에 나타나는, 천룡을 취한 자만의 표식이 없습니다.]

[그렇다면 누구란 말이냐!]

[부취객일 수도 있고, 또 다른 자일 수도 있습니다. 우선은 네 번째 안배처로 속히 출발하셔야 할 듯합니다.]

[알겠다.]

도둑놈 따위로 인해 또다시 마공을 익힐 순 없다.

[도둑놈이 뭔가를 숨기는 듯하니 데리고 가겠습니다.]

도유강이 고개를 끄덕이고 자리에서 일어섰다.

풍천이 무영신투를 들어 올렸다.

"네놈이 천룡도를 취한 건 다 알고 있다. 언제까지 불지 않고 버틸지 두고 보겠다."

"저는 결코 아닙니……. 크아아악!"

무영신투가 말을 다 맺지 못하고 허공에 들린 채 발작을 일으켰다. 풍천이 한 손으로 들고, 다른 한 손으로 가슴을 찍어 누르고 있었다.

도유강은 그 광경에 멍해져 버렸다.

풍천 이놈은 언젠가부터 거짓말을 밥 먹듯이 해대었으니 무영신투에게 뒤집어씌우는 것이야 그렇다 치자.

그런데 지금 풍천이 펼치고 있는 것은……

'후영?'

당해봐서 안다. 저건 후영이 맞다.

죽은 뒤에도 쫓아갈 수 있다는 추적의 흔적.

도유강이 도주를 시도하자 풍천이 어깨에 횃불 모양으로 새겨 버린 후영이었다. 지금 풍천은 영원히 벗어날 수 없는 흔적을 무영신투에게 남기고 있는 것이다.

* * *

"후후후……. 미친놈들, 겨우 빠져나왔군. 순진한 건지, 멍청한 건지 모르겠구나."

무영신투는 킬킬거리며 목을 돌려보았다.

목이 돌아갔다가 다시 돌아오길 서너 차례. 목이 뻐근하긴 해도 특별한 통증은 없다. 왜 목이 돌아갔는데 살아 있는지 알 수 없었지만 어쨌든 살아 있는 것이 중요했다.
 무영신투가 도유강 일행과 헤어진 것은 섬서의 한중(漢中)에서였다.
 떠나면서 풍천은 이렇게 말했다.

 "너는 후영의 사슬에 갇혔다. 어디로도 도망칠 수 없다. 열흘 후 하남 의마(義馬)에서 기다리고 있어라. 그동안 강호 정세를 파악해 두어라. 만약 열흘이 지나도 주군과 내가 도착하지 않거든 곧장 너는 대별……."

 무영신투가 귓가에 맴도는 음성을 떨쳐 냈다.
 가슴팍에 후영이란 낙인이 찍히긴 했으나 상관없다.
 "웃기는 소리! 나는 천하제일신투다. 네놈에게 후영이란 것이 있다면 내겐 무흔만향이 있다."
 온갖 협박과 굴욕을 참은 보람이 있었다.
 그는 지금 무흔만향을 따라 의마에서 기다리라는 말을 무시하고, 소화산에 이르렀다.
 소화산 공오봉!
 중턱 즈음에 천여 평에 이르는 대나무 숲, 일명 청죽림 안쪽에 두 놈이 들어갔다.

역사적인 순간이다.
무영신투가 눈을 반짝이며 비릿하게 웃었다.
"후영? 개소리 마라. 크크크, 곧 죽을 놈들 주제에."

　　　　　＊　　　　＊　　　　＊

도유강은 청죽림 안쪽을 걸으며 절로 기분이 좋아졌다.
네 번째 안배처는 청죽림의 대나무 숲이었다.
요오산의 음험하기 짝이 없는 용암지대와는 비교할 수 없는 맑은 기운이 숲 전체에 넘실거리고 있었다.
'모름지기 고대 절학이라면 이래야 정상이지.'
빽빽한 대나무 숲은 온통 푸른빛을 발하며, 화룡으로 인해 상처 입은 마음을 다독여 주었다.
"주군, 이제부터는 조금 더 복잡해집니다."
앞에서 걷던 풍천이 말했다.
"알겠다."
청죽림의 대나무 숲은 온전히 진법으로 보호되어 있었다. 숲의 중심, 안배의 입구는 정해진 길을 따라 걷지 않으면 영원히 이를 수 없었다.
풍천의 말은 발을 딛는 부분이 많아지고 복잡해진다는 뜻이었고, 풍천의 발자국을 그대로 밟는 중인 도유강은 조금 더 주의를 기울였다.

이 진법의 특징은 어느 누구에게도 해를 끼치지 않는다는 점이었고, 도유강은 그 점이 마음에 들었다. 역시 마공과는 다른 것이다.

일반 등산객이나 진법의 길을 모르는 자도 청죽림에 진입이 가능하다. 하지만 어느 누구도 중앙에 이를 순 없었다.

직선으로 나아가도 중앙을 보지 못하는 것은, 스스로는 오직 앞으로만 걸었다고 인식할지라도 실제로는 외곽선을 빙 돌아 서쪽으로 나오게 되는 식이기 때문이었다.

풍천은 좌로 우로, 사선으로 불규칙하게 움직였고, 도유강은 충실히 그 발자국을 순서대로 밟아나갔다.

족적 하나라도 놓친다면 중앙이 아닌 전혀 다른 청죽림 외곽의 등산길을 맞게 될 것이라는 것이 풍천의 설명이었다.

그렇게 거의 반 시진(약 1시간)이 지났을까.

풍천이 우뚝 걸음을 멈췄다.

'드디어 도착했군.'

도유강은 둥그런 빈 터에 유이하게 서 있는 두 그루의 대나무를 보고 이곳이 청죽림의 중심부임을 알 수 있었다.

풍천이 말한 대로였다.

"주군, 대나무 숲 중심은 공터이며, 나무는 커다란 두 그루의 대나무만을 볼 수 있습니다. 그 대나무들의 틈이 네 번째 안배의 입구입니다. 밖에서는 빈 공간으로 보이나, 비동 안에서 바깥이 훤히 보이는 구조입니다."

풍천이 말했다.
"주군, 비동의 입구를 여는 데까지 일식경(약 30분)가량 걸립니다."
도유강이 고개를 끄덕였다.
풍천이 두 대나무 사이에 섰다.
오른손으로 검결지를 맺어 빠르지도 느리지도 않게 뻗어 허공의 한 지점을 찍더니 그대로 꿈쩍도 않고 서 있었다.
그렇게 반 각가량이 지났을까?
검결지에 닿은 허공에 변화가 일었다.
'오호!'
그건 마치 잔잔한 호수에 돌을 던져 물의 파문이 퍼져 가는 것 같았다. 공간에 자줏빛이 아지랑이처럼 뭉글거리며 울렁울렁 파문을 일으키며 퍼져 갔다.
파문이 점점 희미해질 때, 풍천이 검결지를 이동했다.
이제 두 번째.
풍천은 총 일곱, 북두칠성의 방위를 따라 파문이 일면 입구가 열린다고 했다.
도유강은 두 번째 초록빛 파문이 이는 것을 보며 풍천과 나

눈 네 번째 안배에 대한 대화를 떠올렸다.

"주군, 네 번째 안배는 환령신공(幻靈神功)입니다."
"환령신공?"
"네, 과거 현현자(玄玄子)라 불린 이가 남긴 무공입니다. 그는 정(正)과 마(魔)의 중간쯤에 어정쩡하게 위치한 자로 환령신공은 기괴한 구석이 있습니다."
"무엇이 또 기괴하다는 것이냐! 이미 화룡으로 기괴한 것은 충분히 맛보았거늘."
"전혀 다릅니다. 환령신공은 사령(四靈), 즉 흑령(黑靈), 백령(白靈), 적령(赤靈), 청령(靑靈)의 네 존재를 외부로 형태화하여 불러올 수 있다는 점에서 기괴한 것입니다."
"그 사령들은 네 개의 병기(兵器)를 일컬음이냐?"
"아닙니다. 사령은 시전자의 의지에 따라 움직이는 인간형태의 실체화된 병사입니다."

도유강은 기괴하다는 것에 동감할 수밖에 없었다.
아니, 신비롭다고 해야 한다.
환령신공은 지금껏 들어본 적도 없는 신비함 그 자체였다.
이어지는 설명에서 풍천은 사령이 어떤 과정을 거쳐 시전자의 몸에 흡입되는가에 대해 말하였다.
첫 번째는 환령신공의 심결을 습득하고, 두 번째는 비동 내부에 존재하는 천화경(天和鏡)에 신공을 불어넣는다.

그 파급으로 네 개의 수정이 천화경에 떠오르는데, 수정을 몸으로 흡수하게 되면 그때부터는 사령의 주인이 되어 언제 어느 때든 외부로 불러내 의념으로 부릴 수 있다고 했다.

단점으로는 막대한 내력이 소모되는 탓에 오랫동안 유지할 수 없다는 것이 있으나, 유일한 약점이라기엔 장점이 많은 절학 중의 절학이었다.

'기대되는구나.'

도유강은 다시 풍천을 바라봤다.

풍천은 북두칠성의 다섯 번째 방위를 점하고 있었다.

남은 건 둘!

화룡의 주인 따윈 필요없었다.

어차피 화룡 같은 건 평생 부를 생각이 없었으니까.

주인이 되어야 한다면 적어도 사령 정도는 부려야 무언가의 주인이라고 칭하기에 부끄러움이 없는 것이다.

그렇게 도유강이 기대에 부풀어 있을 때였다.

"주군!"

벼락같은 외침과 함께 풍천이 허리를 휘감았다.

도유강은 풍천의 손에 잡혀 뒤로 물러서며 비동의 변화를 보았다.

비동의 입구, 그 허공이 황금빛 모래알처럼 부서지고 있었다. 잘못되었다. 북두칠성의 다섯 번째 성좌를 점하였을 뿐인데 비동이 열리고 있는 것이다.

그리고…

피핑! 피웅, 피웅!

공간을 가르며 다섯 줄기의 백색 광채가 일직선으로 쏘아져 왔다.

풍천이 검을 뽑아 부챗살처럼 휘둘렀다.

검이 지나며 투명한 벽이 공간을 가로막았다.

카카카카카캉!

다섯 줄기의 백색 광채가 검벽에 부딪쳐 튕겨 나갔다.

도유강은 풍천의 등 뒤에서 비동의 입구를 뚫어져라 응시했다.

"천룡을 취한 자만의 표식이 없습니다."

풍천은 무영신투가 천룡도를 취하지 않았다고 했다.

다른 누구, 무영신투보다 빠른 자들이다.

비동의 밖에서는 안쪽을 볼 수 없고, 안쪽에서는 밖을 볼 수 있다고 했기에 잔혹하게도 회심의 일격을 가한 것이다.

모래알처럼 부서진 공간에서 두 사람이 걸어나왔다.

섭선을 든 청수한 노인과 등 뒤에 대도를 멘 약관의 청년이었다.

잠시 무거운 정적이 임했다.

서로를 탐색하듯 상대를 바라봤다.

정적을 깬 것은 노인이었다.

"만묘신군은 어떻게 되었느냐?"

침착하고 진중한 어조.

도유강이 '만묘신군?'이란 의문을 떠올릴 때였다.

팟!

바람이 이는가 싶더니 풍천이 노인을 향해 짓쳐들었다.

평소의 죽여 버리겠습니다, 명을 내려주십시오, 따위를 생략한 채 황금빛 검강을 일으킨 채 눈부시게 노인을 쓸어갔다.

카앙!

도유강이 눈을 부릅떴다.

풍천의 금빛 검강을 노인이 섭선을 들어 막아냈다.

이제껏 그 누구도 풍천의 검강을 정면으로 맞받아낸 자는 없었다. 게다가 풍천은 진득한 마기를 발산하며 전력으로 일격을 가한 것이거늘.

파아앙!

두 사람이 연달아 격돌하며 빛이 번쩍였다.

풍천과 노인의 신형은 눈이 부실 정도로 빨라 흐릿해 보일 정도였고, 그 틈새로 금빛 검강과 백색 광채가 줄기줄기 뻗어 나왔다.

쿠르르르릉!

일순 땅이 흔들리고, 청죽림의 대나무들이 요동쳤다.

좋지 않다. 거대한 기운의 충돌 여파로 청죽림 전체가 영향을 받고 있었다. 청죽림은 섬세하게 진법으로 짜여진 공간이다. 어떤 괴현상을 불러올지 모른다.

쿠르르릉!

다시 땅이 울리고, 도유강은 균형을 잡으며 아까 노인이 했던 말을 떠올렸다.

"만묘신군은 어떻게 되었느냐?"

분명히 들어본 적이 있다. 아니, 읽었던가? 무엇이 되었든 생각해 내야 한다. 안배를 노리는 적은 풍천과 맞상대할 만큼 강했고, 안배는 천하의 절학을 담고 있다. 안배는 나눌 수 없는 것. 곧 상대도 반드시 죽이려들 터였다.

'만묘신군, 만묘신군, 누구냐, 대체! 어떤 도적놈이냐!'

한순간 뇌리로 번개같이 한 생각이 뚫고 지나갔다.

도유강은 등줄기가 서늘해졌다.

'말도 안 돼. 처, 처, 처, 천위칠군······.'

이제 손이 부들부들 떨리기 시작했다.

신성무혼과 함께 마교를 몰아붙인 절세의 일곱 고수!

아버지가 신성무혼을 멸한 후 천위칠군 중 하나를 반 죽여놓았다고 했던가?

아니, 지금 그게 중요한 것이 아니다.

도대체 왜 천위칠군이 아버지의 안배에서 나온단 말인가?

도둑놈도 아니면서 도둑놈처럼!

무려 전대 마교 교주, 마도의 전설이 심혈을 기울여 준비한 안배다.

'뭐가 어떻게 돌아가는 거냐?'

부들부들 손이 더욱더 떨렸다.

떨리는 손을 숨기기 위해 뒷짐을 져야 할 정도였다.

카강!

슈슈슉!

어느덧 전세는 풍천이 확연한 우위를 점하고 있었다.

노인은 섭선으로 다섯 줄기의 강기를 광선처럼 줄기줄기 쏘아대고 있었지만 풍천의 검에 모조리 차단당하고 또 튕겨질 뿐이었다.

쿠르르릉!

청죽림은 지진이 일듯 더욱더 흔들렸다.

진법이 더욱 뒤엉키는지 거칠게 요동쳤다.

"끝이다!"

그때 풍천의 일성이 터졌다.

노인은 등을 돌리고 있는 상황.

허공으로 치솟은 풍천이 금빛 검강으로 노인의 머리를 내려쳤다.
 노인의 얼굴에 당혹이 떠올랐다.
 최후였다.
 그 순간.
 캉!
 풍천의 검이 도에 가로막혔다.
 도유강이 중얼거렸다.
 "천룡도?"
 맞았다. 아닐 수가 없다. 시리도록 새파란 반투명의 용이 도(刀)의 외곽선에 보호막처럼 떠올라 있었다. 노인의 곁에 머물던 청년이었다.
 풍천은 천룡도에 밀려 공중제비를 돌며 튕겨 나갔다.
 척!
 풍천이 곁에 섰다.
 그사이 노인이 신형을 회복했다.
 청년이 분노한 눈길로 소리쳤다.
 "만묘신군 사부님은 어떻게 되셨느냐?!"
 또다시 만묘신군을 찾는다. 청년의 말은 자신이 천위칠군의 공동전인이라는 뜻이기도 했다.
 도유강이 '무슨 소리냐? 만난 적도 없거늘' 이라고 막 입을 열려했으나 언제나처럼 풍천이 더 빨랐다.
 "훗, 죽을 놈들이 의문이 많군."

풍천이 뇌까리고, 검을 위에서 아래로 그었다.

도유강은 눈앞에 검벽이 쳐진 것을 알 수 있었다. 풍천이 만약의 경우를 대비해 잠시나마 방어막을 형성해 둔 것이다.

그리고 이내 번개같이 쏘아져 갔다.

"사령!"

청년은 외쳤다.

어느새 천룡도를 거두고, 검결지를 맺은 채였다.

이내 청년의 전면으로 흑(黑), 백(白), 적(赤), 청(靑)의 괴인 영이 현신했다.

온전히 사람 형상이나 또 사람이 아니었다.

머리는 붙어 있으나 머리카락이며, 입, 코, 귀가 없었다.

또한 형상의 외곽선은 안개가 피어나듯 흐르고 있었다.

스슥!

흑령과 백령이 풍천을 맞았다.

풍천이 일갈했다.

"귀찮은 놈들!"

검을 사선으로 그어 올렸다.

금빛 검강은 흑령의 다리에서 백령의 머리까지를 일격으로 쓸어가는 흐름이었다.

서걱!

마치 인간의 살이 썰려 나가는 듯한 소리.

검격이 흑령의 다리부터 가슴을 대각으로 갈랐다.

비명은 없었다.

가슴까지 베어진 흑령이 우장을 내뻗는 자세 그대로 검은 연기가 되어 사라졌다.

이어 검의 흐름이 백령을 쓸어갈 찰나!

천위칠군과 적령과 청령이 일제히 덮쳐들었다.

다섯 강기의 줄기가 풍천의 가슴으로 짓쳐들고, 적령과 청령이 좌우를, 그리고 위로는 백령의 장력이 쏟아졌다.

위험해!

도유강은 소름이 쫙 끼쳤다.

"풍천! 벗어나라!"

도유강이 비명처럼 소리 질렀다.

그 순간이었다.

"회격(廻擊)!"

풍천이 일갈했다.

흑령을 쓸어가던 검의 흐름을 순식간에 거둬들이더니 도리어 자신의 옆구리 사이 빈틈으로 찔러 넣었다.

풍천의 몸 주변에 금빛 광망의 테두리가 떠올랐다.

콰광!

흙먼지가 일며 천위칠군과 백령, 적령, 청령이 튕겨 나갔다.

천위칠군이 신형을 바로 하려다 이내 비틀거리며 세 걸음을 물러났다.

백령이 무릎을 꿇더니 옆으로 쓰러졌다. 어깨가 땅에 닿으려는 순간, 홀연히 하얀 연무로 화해 사라졌다.
 천위칠군이 청년에게 외쳤다.
 "이곳에서 빠져나가도록 하자!"
 "네!"
 두 사람이 신형을 날려 대나무 숲 안으로 뛰어들었다.
 "불가(不可)!"
 풍천이 검을 곤추세우고 뒤따라 신형을 날렸다.

第五章
창공을 가르는 금빛 광망

전전긍긍
마교교주

쿠르르릉…….

청죽림이 곧 붕괴될 듯 흔들렸다.

대나무 숲을 관통하며 신형을 날리는 선학신군은 경악한 마음을 좀처럼 진정할 수가 없었다. 마치 꿈을 꾸는 것 같기도 했다.

현 강호에 자신이 상대하기 버거운 상대가 존재한다.

그자들은 안배를 알고 있다.

이 사실의 의미는 잔혹한 것이었다.

천룡비동에서 홀로 남아 무영신투나 부취객을 기다리던 만묘신군의 생사를 장담하기 어려운 것이다.

시간을 끌었다면 결국 죽음을 맞았을 터였다.
[사부님, 적령이 당했습니다.]
주양인이 전음으로 말했다.
선학신군은 불길함에 몸을 떨었다.
'어렵구나……'
이제 남은 건 청령뿐.
청령이 오래 견뎌주지 못하면, 그사이 청죽림을 빠져나가지 못하면 제자까지 잃고 만다.
그건 최악 중의 최악이었다.
쿠르르릉…….
청죽림이 뒤흔들리며 산새와 여러 동물들이 정신없이 날뛰었다. 한순간 저만치 앞쪽의 사슴 한 마리가 거짓말처럼 사라졌다. 선학신군은 진법이 깨어져 나가며 그 묘용으로 사슴이 어디론가 튕겨 나간 것임을 알 수 있었다.
선학신군은 결단을 내려야 할 때임을 자각했다.
어떤 일이 있어도 주양인은 살아야 한다.
[잘 들어라. 이 사부가 그를 막겠다. 청죽림을 벗어나자마자 백학을 타고 바로 떠나라. 너는 우리의 희망! 반드시 살아남아야 한다.]
[그럴 수 없습니다.]
[어리석은 소리 하지 마라.]
[어찌 저 혼자 떠…….]

스윽!
주양인의 말이 뚝 끊겼다.
선학신군이 놀라 신형을 멈췄다.
"양인아!"
외쳐 봤지만 주양인은 대답도 모습도 없었다.

스윽!
"사부님!"
주양인이 당혹에 차 외쳤다.
주변 풍경이 순식간에 달라졌다.
사부님도 보이지 않는다.
"여긴……."
이곳은 놀랍게도 청죽림의 중심부, 빈터였다.
쿠르르릉…….
이제 청죽림은 마치 폭발할 것처럼 진동했다.
적은 사부님 홀로는 감당할 수 없는 자였다. 어떻게든 사부님과 함께 이곳을 벗어나야 했다.
주양인이 신형을 날리려 할 때였다.
"잠깐!"
갑작스런 음성에 주양인이 반사적으로 천룡도를 뽑으며 몸을 돌렸다.
"너는?"

주양인이 미간을 좁히며 바라봤다.
나이는 엇비슷해 보였다.
그러나 초절정 무위의 마인을 심복으로 부리는 자다.
여유가 넘친다.
격전 중에 뒷짐을 진 채더니 지금도 그 자세 그대로였다.
일말의 동요도 없다.
두 눈은 차갑고 오만한 빛을 뿜어내고 있었다.
청죽림이 붕괴되는 것쯤은 아무것도 아니라는 듯.
마(魔)의 군주인 양 그렇게 거만하게 서 있다.
주양인은 울컥 눈물이 쏟아질 것 같았다.
'널 죽여 버리겠다. 육 사부님의 원한을 내 손으로 갚고야 말겠다.'
슬픔이 분노로 화했다.
천룡도의 도신에 푸른 용이 투영되었다.
"반드시 죽여 버리겠다!"

　　　　　*　　　*　　　*

'헉!'
도유강이 화급히 극렬순백장의 절대방어인 붕산호방(崩山護防)을 펼쳤다. 백광이 퍼지고 맴도는 방패가 되어 천룡을 가로막았다.

파앙!

카룽!

천룡이 기세에 막힌 것에 분노하듯 괴음을 발했다.

그 충격에 도유강은 뒤로 주르륵 물러났다.

두 팔은 물론이고, 가슴까지 저릿하니 통증이 일었다.

'이놈 봐라!'

단 일격에 불과했지만 도유강은 상대가 자신보다 강하다는 것을 알 수 있었다.

호의로 불러 세웠더니 칼질이었다.

욱, 하고 화가 치밀었다.

실제로 도유강은 주양인이 나타나기 전까지 뒷짐을 진 채로 부들부들 떨고 있었을 뿐이었다.

천위칠군이란 존재와 청죽림의 붕괴에 정신이 하나도 없었고, 결정적으로는 풍천이 신형을 날리며 보내온 전음 때문이었다.

"주군, 곧 척살하고 모시러 오겠습니다. 그 자리에 계십시오. 결코 중심부를 벗어나면 안 됩니다."

그 때문에 털끝 하나 움직이지도 않고 서 있었다.

그런데 홀연히 천위칠군의 공동전인이 나타난 것이다.

그래서 도유강은 복잡한 심경 중에도 '만묘신군은 만난 적도 없다'라는 말을 해주고 싶었다.

그런데, 그런데, 칼질이 쏟아진 것이다.

"이 악마, 죽어라!"

누굴 보고 악마라고! 그러나 차분히 반박할 사이도 없이 천룡이 넘실거리며 짓쳐들었다.

"멈춰!"

도유강은 지주현공의 복영쾌신으로 신형을 틀며, 극렬순백장의 칠초식 회선제마를 펼쳐 곡선으로 장력을 휘게 하며 공격했다.

그 순간 천룡이 괴이하게 장력을 벗겨내며 목을 그어왔다.

'으헉!'

결을 맺어 붕산호방의 변(變)의 결을 운용했다.

빛의 방패가 팔괘의 방위를 따라 몸을 감싸듯 수십 개가 일제히 떠올랐다.

카릉!

천룡이 빛의 방패에 작렬하고, 도유강은 천룡의 파장에 팔랑개비처럼 밀려났다.

번개같이 신형을 수습한 도유강이 이를 악물었다.

하마터면 죽을 뻔했다.

분노가 밑바닥에서부터 솟구쳤다.

누군 좋아서 이러는 줄 아느냐고 외치고 싶었다.

천룡에 죽기 위해 그토록 고생을 한 것이 아니었다.

'이렇게 되면……. 이렇게 되면……. 젠장……. 망할…… 내게 감히 화룡을 쓰게 만들다니…….'

닥쳐올 고통을 생각하니 몸이 부르르 떨렸다.

도유강이 벼락같이 외쳤다.

"날 화나게 할 참이냐!"

주양인이 입술을 깨물었다.

'사부님의 원수!'

"그렇다면!"

나직이 중얼거렸다.

이어 주양인이 크게 외쳤다.

"그렇다면 어쩔 테냐! 네놈은 버젓이 살아 있지 않느냐!"

분노와 슬픔에 주양인이 눈물을 쏟았다.

두 줄기 눈물이 뺨을 타고 흘러내렸다.

도유강은 두 손을 교차하며 화룡을 부르려다 굳어버렸다.

'울어?'

왜인지 분노가 눈 녹듯 사라졌다.

'망할 놈, 멀쩡히 생겨놓고 계집애처럼 울다니.'

화룡을 부르는 순간, 끝이다.

풍천조차 몰아세운 화룡이다. 자신은 지옥 불에 떨어지겠지만 상대는 죽고 만다.

"흥, 운이 좋은 줄 알아라!"

도유강은 일갈하고 그대로 신형을 날렸다.

창공을 가르는 금빛 광망 113

도주다!
주양인이 천룡을 휘날리며 외쳤다.
"멈춰라!"

스스슷…….
도유강은 복영쾌신을 극한으로 끌어올렸다.
풍천은 중심부에 머무르라 했지만 방법이 없다. 결코 화룡을 부를 수는 없는 일이다.
쿠르르릉…….
청죽림이 요동치고, 뒤쪽에서는 천룡의 기세가 예기를 품고 짓쳐들었다. 경공도 결코 뒤떨어지는 수준이 아니다.
"벗어나지 못한다!"
'헉!'
도유강은 뒤를 돌아보지 않았지만 천룡이 해일처럼 덮쳐오는 것을 느낄 수 있었다.
그때였다.
쏴아아아~
눈앞의 풍경이 한순간 회오리에 말린 듯 휘감겼다.
눈앞에 보이는 대나무며, 땅이며, 하늘이 소용돌이에 휘말린 듯 일그러졌다.
쏴아아아~
다시 풍경이 눈 깜짝할 사이에 변화를 일으켰다. 소용돌이가 활짝 펼쳐지며 하늘과 땅과 모든 풍경이 돌아왔다.

척!

'뭐지?'

천룡의 위치를 빠르게 살폈다. 천룡은 없고, 그 대신 전방에 사령 중 하나인 청령이 푸른 안개가 되어 흩어지는 것이 보였다.

"천위칠군, 죽어라!"

푸른 안개를 뚫고 금빛 광망이 폭사했다.

'풍천?'

도유강은 멍하니 그 모습을 바라봤다.

이 모든 것은 그야말로 순식간에 일어난 일이었다.

그리고 도유강은 깨달았다.

갑자기 나타난 곳은 풍천의 검의 궤적이 지날 길이었다.

피할 수 없다. 죽게 된다.

"안 돼!"

도유강이 눈을 동그랗게 뜨고 비명처럼 외쳤다.

"풍천~"

"주군이 왜?"

풍천이 살기등등 짓쳐들다 당혹성을 토하며 신형을 급격히 회전해 검강을 틀었다.

워낙 급작스럽게 비튼 탓에 풍천이 신형의 균형을 잃고 무너지면서 옆으로 팽이처럼 굴렀다.

창공을 가르는 금빛 광망

"주군! 피하……."

스슥.

풍천이 증발하듯 사라져 버렸다.

그 순간 도유강은 경악에 차 입을 벌렸다.

풍천은 누군가를 죽이려 했다. 적은 당연히 천위칠군!

풍천의 검의 궤적은 등 뒤!

그것은 곧, 뒤에 천위칠군이 서 있었다는 뜻!

죽는다. 죽고 만다. 끝이다!

그 순간 폭풍처럼 거대한 장력이 등을 엄습했다.

"싫어!"

도유강은 심결과 동시에 두 팔을 교차했다.

화르르르르륵!

파지지지지직!

불타오르는 화룡이 발현하고, 도유강은 벼락같이 등 뒤를 쓸어갔다.

"크아아아아아악! 죽여 버릴 테다!"

파앙!

화룡의 불길과 선학신군의 거대한 장력이 충돌하며 빛의 파장이 일었다.

"흐읍!"

선학신군이 신음성과 함께 뒤편으로 튕겨졌다.

'마도(魔刀)!'

불의 칼, 화룡이 타오르듯 꿈틀거렸다.
 청년은 몸이 불길에 휩싸인 것처럼 보였고, 오직 흰자위만 드러내며 괴성을 질러대고 있었다.
 "크아아아아악~ 죽어, 죽어, 죽어!"
 화룡이 도유강이고, 도유강이 화룡이 된 듯 짓쳐들었다.
 선학신군이 허공에 뜬 채로 섭선을 들어 강기를 발출했다.
 화르르륵!
 화룡이 강기를 삼키고 곧장 밀어닥쳤다.
 '이럴 수가……'
 선학신군은 안색이 급변해 신형을 사선으로 틀어 지면에 내려섰다.
 이내 두 발을 견고히 딛고 섭선을 활짝 펼쳤다 접었다.
 파삭!
 섭선이 부서지며, 다섯 가닥의 현철로 제련된 살만 남았다.
 화룡은 세 번째 도격으로 쏘아져 왔다.
 '함께 죽자!'
 선학신군이 전신 내력을 주입했다.
 "크아아아아아~ 불타 버려~"
 화룡이 선학신군을 집어삼켰다. 화룡 안에서 다섯 개의 자줏빛 섬광이 발했다.
 콰과과광!
 거대한 폭발음과 함께 흙먼지가 피어올랐다.

쏴아아아!

풍경이 변화를 일으켰다. 소용돌이가 펼쳐지며 일그러진 하늘이 돌아왔다.

도유강은 잦아드는 화룡의 고통을 떨쳐 내고 주변을 훑었다.

대나무가 보이지 않았다.

온통 파란 하늘뿐. 게다가 구름이 지척이었다.

그럼 땅은?

"헉!"

지면은 까마득했다.

파라라라락…….

옷자락이 미친 듯이 말려 올라가며 도유강은 추락했다.

"으아아아악~"

창공이다. 붙잡을 것은 아무것도 없었다. 복영쾌신으로도 어찌할 수 없는 상황.

"풍천! 어디에 있느냐! 으아아아악~"

가공할 속도로 추락하며 몸이 빙글빙글 돌았다.

하늘이 보이고, 땅이 보이고, 작은 새가 푸드득 놀라 날갯짓을 했다.

그리고 저만치 뭔가가 보였다.

눈부시게 새하얀 깃털을 뽐내며 거대한 학이 허공을 가르고 있었다. 학의 등에 천룡도를 차지한 청년이 바짝 매달려 있는 것도 보였다.

도유강이 할 수 있는 것이라곤,

"으아아아악~"

하며 비명을 지르는 것이 전부였다.

하염없이 곤두박질치던 한순간,

촤라라락…….

몸에 뭔가가 감겼다. 이내 추락의 속도가 줄어들었다.

절벽에 근접해 추락하며 그중 뻗어 나온 넝쿨에 걸린 것이었다.

도유강이 손을 휘저어 절벽에 붙어 있는 넝쿨을 붙잡았다.

드드드드득…….

절벽에 박혀 있던 넝쿨이 도유강의 무게를 감당치 못하고 뜯겨져 나가며 추락하는 속도가 더욱 감소했다.

그 기회를 놓치지 않고 도유강이 암벽으로 솟구친 후 찰싹 달라붙었다.

아래를 흘깃 내려다보니 만장절애였다.

"휴우, 살았다."

만약 벼랑 위로 곤두박질쳤거나 넝쿨에 걸리지 않았다면 산산조각이 나버렸을 터였다.

가슴을 쓸어내리고 창공으로 시선을 던졌다.

거대한 백학 한 마리가 유유히 하늘을 선회하고 있었다.

어디선가 본 기억이 났다. 그렇다. 장강수로채에서 머물던 밤 용왕각에서였다. 그때 이미 천위칠군과 마주칠 뻔했음을 깨달았다.

안력을 돋워 시야를 극대화하자, 백학의 형상이 잡아당겨지듯 눈에 잡혔다.

백학의 등 위에서 공동전인이 두리번거리고 있었다.

그때 서쪽 창공 한 지점에 한 인영이 홀연히 나타났다.

'천위칠군?'

천위칠군이 맞았다. 그는 팔다리를 축 늘어뜨리고 추락하기 시작했다. 어떠한 몸부림도 없는 것이 정신을 잃은 것도 같고 죽은 것도 같았다.

"사부님!"

꾸우~

청년이 외치고 백학이 울음을 터뜨리더니 빠른 속도로 천위칠군을 향해 날아갔다.

이윽고 백학이 천위칠군을 등으로 받아냈다. 청년이 천위칠군을 단단히 붙들자, 백학이 날개를 펄럭이며 창공으로 솟구쳤다.

'다행이다…….'

백학이 있어서 다행이다. 험악하게 서로 죽이려들긴 했지만 무슨 이유인지 도유강은 안도했다.

어쩌면 각자의 꿈이 다를 뿐일지도 모른다.

그 꿈을 위해 저들도 안배가 필요한 것일 뿐일지도.
그런 점에서 저들이 죽어야 할 이유는 어디에도 없었다.
그때였다.
"벗어날 수 없다!"
우렁찬 외침, 풍천이었다.
도유강은 눈이 휘둥그레지고 말았다.
금빛 광망이 북쪽 창공으로 날고 있는 백학을 향해 일직선으로 뻗어갔다.
파아앙!
'피해야 돼!'
도유강은 자신도 모르게 백학을 응원했다.
그에 부응하듯 백학이 급히 선회하며 우측으로 몸을 기울였다.
금빛 광채가 빗나가는가 싶더니 백학의 몸통 대신 두 다리를 잘라 버렸다.
안력을 돋운 채인 도유강은 백학의 두 다리가 떨어져 나가고 피가 뚝뚝 떨어지는 것까지 볼 수 있었다.
꾸우우우우~
백학이 구슬프게 울며 추락하기 시작했다.
그러다 이내 다시 힘차게 날갯짓하며 균형을 잡고 솟구쳐 올랐다.
꾸우우우우~

울음은 더욱 구슬퍼졌고, 점점 멀어져 갔다.

무영신투는 크게 뜬 눈을 감지도 못하고 바르르 떨었다.
청죽림은 무너졌다.
아니, 아니다. 그건 아무것도 아니다.
창공에 홀연히 사람이 나타난다. 그것도 문제가 아니다.
'천위칠군 중 선학신군이 당했다.'
핵심은 그 사람이 천위칠군 중 한 명이라는 것이었다.
천룡비동을 만묘신군이 지키고 있었던 것처럼 잘하면 또 다른 천위칠군이 나타나 놈들을 죽일 수 있을 것이라고 생각했었다.
하지만 결과는 선학신군이 죽은 듯 떠나가고, 영물 중의 영물이라는 백학이 금빛 광채에 두 다리가 잘려 나갔다.
천하제일신투니 뭐니 해도 이런 걸 봐버려서는 떨지 않을 도리가 없다. 뭘 어떻게 봐도 자신은 한낱 도둑놈이 아니던가! 무영신투는 그렇게 자기를 비하하며 몸을 떨었다.
바들바들바들……
무영신투는 도망쳐야 한다고 생각했다.
그런데 몸이 움직이지 않았다. 두 발이 못 박힌 듯 꼼짝도 하지 않았다.
'이, 이, 이것들 정체가 대체 뭐지? 나는 도대체 누구에게 걸려 버린 거냐?

도망친다면… 죽어버릴 것 같았다.

푸르던 대나무 숲은 분지로 화해 황량한 모습이 되었다.
도유강은 초토화된 청죽림 앞에 섰다.
문득 기척이 느껴졌다.
남쪽의 등산로 방향이었다.
숨은 것도 아니고, 안 숨은 것도 아닌 이상한 기척이었다.
은신을 펼친 것은 같은데 기파의 잔 진동이 과할 정도로 컸다.
"나와라, 무영신투!"
풍천도 파악했는지 나직이 말했다.
무영신투가 삐죽대며 기어나왔다.
눈앞에 이르러선 아무 말도 못하고 몸만 부들부들 떨었다.
풍천이 손을 뻗었다.
핏!
무영신투가 혼혈이 찍혀 그 자리에서 허물어졌다.
풍천이 머리를 조아리며 말했다.
"주군, 용서하십시오. 소인이 미흡하여 놓치고 말았습니다. 마운봉의 결전 이후 꽁꽁 숨어 지내던 악적 천위칠군이 죽고 싶었던 모양입니다. 다음 번엔 반드시 놈들의 소원을 들어주겠습니다."
도유강이 천천히 고개를 저었다.

"얼버무릴 생각하지 마라. 이 안배에 대해 들어야겠다."

아직도 가슴이 진정되지 않지만 부들거리고만 있을 상황이 아니었다.

"……."

풍천이 머리를 숙인 채 침묵을 지켰다.

도유강이 나직이 말했다.

"신성무혼과 관련된 것이냐?"

풍천이 고개를 들었다.

눈빛조차 변하지 않았지만 이 정도면 긍정이었다.

"역시 그렇군."

그동안 이해할 수 없었던 부분들이 한순간에 풀려 나갔다.

아버지가 심혈을 기울여 준비한 안배이나 모조리 정파의 고인들의 절학이었다. 심지어 유청청의 안배는 마인이 접근조차 할 수 없었다.

거기에 천위칠군이 안배를 알고 있고, 세 번째 안배와 네 번째 안배를 그들의 공동전인이 당연하다는 듯 거둬들였다. 아버지와 천위칠군이 공통적으로 묶일 수 있는 존재는 '신성무혼'이 유일한 것이다.

유청청이 말했던, 족자 안에 들어왔다던 고리타분한 정파의 세 기재 중 마지막 한 명이 바로 신성무혼이리라.

그림이 그려진다.

아버지는 마교의 대법으로 신성무혼의 시선에서 안배의

비밀을 뽑아냈을 것이다. 다른 누구도 아닌 아버지라면 가능한 일이었다.

거기까지 생각하던 도유강은 고개를 갸웃했다.

"아버지는 마운봉에서 신성무혼을 일격에 무너뜨리셨거늘, 어찌 당신보다 못한 무공을 내게 익히도록 하신 것이냐? 신성무혼이 실상은 아버지보다 대단한 자였다는 뜻이냐?"

"헛소리십니다, 주군!"

풍천이 사자후를 발하듯 크게 외쳤다.

도유강이 흠칫, 놀라 눈을 동그랗게 뜨자, 풍천은 자신의 실책을 깨달았는지 흠칫 어깨를 떨었다.

'이놈이 왜 갑자기 소리를······.'

도유강은 눈을 가늘게 뜨고 염탐하듯 바라봤다.

어째 소리를 지르는 것이 더 수상했다.

결코 운이 좋아서 신성무혼을 쓰러뜨리신 것이 아닙니다라고 말하며 사실을 토설해 버린 것처럼 보이기도 했다.

"그럼 무엇 때문이냐? 왜 내가 아버지의 무공을 익히지 않고, 이토록 험난한 길을 걸어야 하는 것이냐! 그 보잘것없는 신성무혼이 걸어간 길을 말이다."

"과거 소인도 죽음을 각오하고 그 말씀을 여쭈었습니다."

"그랬겠지, 너라면."

풍천의 아버지에 대한 존경과 충성심은 뭐라고 설명조차 하기 힘든 것이다. 신성무혼이 거쳐간 길 따위는 버러지로 보였으리라.

"아수라천마께선 일곱 번째 안배를 얻으면 그 이유를 알게 될 것이라고 말씀하셨습니다. 그에 덧붙여 신성무혼은 이 모든 것의 껍질이자 표면(表面)에 불과하다고 하셨습니다."

"표면?"

"주군, 제가 알고 있는 바는 이것이 전부입니다. 소인은 그 대답을 들은 이후 더 이상 여쭐 수 없었습니다."

"흐음……."

더욱 아리송해지고 막막해지고 말았다.

도대체 이 안배의 근원은 무엇이란 말인가?

무엇이 숨겨져 있기에 신성무혼이 표면에 불과한 것일까?

그렇게 골똘히 고민하던 도유강은 정신을 퍼뜩 차렸다.

'이런……. 내가 지금 정신이 나갔구나. 도유강아, 지금 걱정해야 할 것이 안배가 아니잖느냐!'

안배의 비밀이 뭔지는 중요치 않다.

표면이고 나발이고, 핵심은 현 상황이었다.

이제 무려 정파의 일곱 기둥인 천위칠군을 상대해야 하는 것이다. 과거 흑룡방이며, 녹림, 장강, 백룡부, 사천당가들과는 결코 비교할 수 없는 자들.

거기에 마교의 척살령은 여전히 발효 중이고, 와선신의는 어떻게든 자신을 죽이겠다며 매의 눈처럼 노리고 있는 중이다.

도유강이 풍천을 바라봤다.

풍천의 입술 끝이 벌어졌다.

'웃어?'

저 정도면 박장대소다.

결코 녀석이 포기하지 않을 것이라고 생각하고 있었지만 어쩐지 지금 표정은, 사실대로 말하고 나니 홀가분한데다 천위칠군까지 등장해 제대로 피바람을 일으킬 생각에 기분이 좋아진 것처럼 보였다.

이 상황에서 만약 포기하자고 말한다면,

'…죽어버려. 끄응.'

그야말로 진퇴양난.

심복도 문제고, 천위칠군도 문제였다.

불안도 하고, 슬슬 짜증도 났다.

"네놈은 기분이 좋아 보이는구나."

"매우 좋습니다."

"그래, 좋기도 하겠지. 천위칠군은 일곱이고, 그들의 말 한마디에 정파의 수많은 고수들이 구름같이 몰려들 테고, 거기에 대산의 소면마군은 호시탐탐 기회를 엿보고 있다. 그런데 내 곁을 보니 오직 너뿐이로구나. 이런 상황이면 기분이 좋아야 당연한 거겠지?"

"주군, 소면마군은 거론할 가치도 없는 버러지 같은 놈입니다. 그리고 주군 곁에는 한 사람이 더 있습니다."

"응?"

도유강은 눈이 둥그레졌다.

"아수라천마께서 주군을 위해 남겨두신 또 다른 심복입니다. 그가 천위칠군을 막을 것입니다."

"세 번째 심복?"

동정호에서 풍천은 마옥에 갇힌 청파검을 이야기하며 세 번째 심복에 대해 거론한 적이 있었다. 이후 까마득히 잊고 있었거늘 이 막막한 순간에 불쑥 튀어나온 것이다.

"그렇습니다. 소인은 주군을 보호하는 임무, 그는 타격의 임무를 띠고 있습니다. 그동안은 부를 필요가 없었으나 천위칠군이 나온 마당이니 그 역할을 다할 것입니다."

도유강은 머리가 어질거렸다.

보호의 임무를 띠었다는 풍천이 다 죽여 버리겠다 날뛰는 판인데, 타격의 임무를 띤 심복이라니. 그건 곧 살상에 특화된 살인병기라는 뜻이었다.

"그는 누구냐?"

"혈편복(血蝙蝠)이라 합니다."

"박쥐?"

"낙양에서 만나도록 조치하겠습니다."

"왜 낙양인 것이냐?"

"네 번째 안배를 대신할 마공이 낙양에서 가까운 곳에 있기 때문입니다."

잊고 있었다, 네 번째 안배도 놓친 것을.

머리가 어질거린다.

도유강은 비틀거리려는 몸을 간신히 추슬렀다.

하루아침에 너무나 많은 일들이 소나기처럼 퍼부어졌다.

그 비를 모조리 맞은 도유강은 그야말로 흠뻑 젖어버렸다.

천위칠군!

안배의 실체!

세 번째 심복, 박쥐!

그리고 또 마공!

의지와는 반대로 일이 점점 더 커지고 있었다.

풍천이 무영신투을 들어 올려 혼혈을 풀고는 바로 뺨을 내갈겼다.

짜악!

원래 혼혈이 풀리면서 서서히 정신이 돌아오게 마련인데 싸대기를 맞자, 무영신투는 바로 정신이 번쩍 들어 말했다.

"네?"

"주군께 충성을 맹세하라."

풍천이 강제로 무릎을 꿇렸다.

"충성이라뇨? 저, 저는 무영신투, 그러니까 도둑놈입니다만……."

"그래서?"

"도둑놈 따위가 어찌 위대한 주군의 심복이 될 수 있겠습니까?"

 원래의 말 '너희 같은, 악마 같은 작자들의 심복 따위는 되고 싶지 않다'가 순화되어 나왔다.

 "누가 심복이라는 것이냐!"

 "그, 그럼."

 "심복이라니 기도 안 차는군. 넌 그냥이다. 그냥 아무것도 아니다. 자, 결정해라. 이 자리에서 죽거나 충성을 맹세하거나 둘 중 하나다."

 무영신투는 두려우면서도 서러워졌다.

 충성을 맹세하라면서 아무것도 아니라는 건 또 뭐란 말인가! 그러나 죽을 수는 없는 노릇이었다. 이자들은 죽인다는 말을 협박으로 그치는 자들이 아님을 몸소 증명해 보였으니까.

 무영신투가 바로 도유강에게 넙죽 절을 올렸다.

 "무영신투가 주군께 충성을 맹세합니다."

 아무 대답도 돌아오지 않아 무영신투는 이대로 죽는가 하고 두려움에 떨었다.

 이때 도유강은 그저 먼 산을 보고 있을 뿐이었다. 한꺼번에 몰려온 폭풍 같은 상황에 완전히 넋이 나가 버려 그 무엇도 들리거나 보이지 않았다.

 풍천이 전음으로 속삭였다.

 [이 새끼야! 천천세 만만세!]

'흡!'

무영신투가 흠칫 어깨를 떨었다.

'천천세 만만세라니. 이 새끼들 뭐야? 마교야 뭐야?'

그럼 지금 태연히 허공을 응시한 이유가 천천세 만만세가 들어 있지 않아서였단 말인가.

'이런 미친······.'

그러나 일단 살기 위해 다시 넙죽 엎드렸다.

"천세 천세 천천세! 만세 만세 만만세! 무영신투는 오늘 이후 주군께 목숨을 바쳐 충성을 다하겠습니다."

도유강은 여전히 넋이 나가 있었고, 풍천이 무영신투를 일으켜 세웠다.

무영신투가 빠르게 물었다.

"주군의 존성대명은 어찌 되시는지요?"

풍천이 그에 화답했다.

뚜드득!

"꾸에엑!"

무영신투가 입을 쩍 벌렸다. 대체 왜? 충성을 맹세하라고 해서 충성을 맹세했는데 목을 돌려 버린단 말인가!

"너 따위가 들을 수 있는 이름이 아니다! 의마에 있어야 할 놈이 이곳에 나타나다니. 한번만 더 뜻을 거스른다면 살아 있는 것이 지옥이 되게 해주겠다. 너는 최고의 속도로 곧장 대별산으로 떠나라. 그곳에 가면 한 사람이 저절로 널 찾게 될 것이다. 주군께서 낙양에서 기다리신다고 전하라."

"저기…… 제 모가지는?"

"징벌이다. 대별산에서 그에게 말하면 된다. 주군께 인사를 드리고 바로 떠나라."

무영신투가 반쯤 울며 절을 하고 떠났다.

그사이에도 도유강은 먼 산을 보고 있었다.

'천위칠군…… 마공……. 박쥐…….'

그때 풍천이 도유강을 불렀다.

"주군."

나직하지만 날카로운 기운을 섞은 탓에 도유강이 정신을 차렸다.

"뭐냐?"

"화룡을 부르셨더군요."

도유강이 흠칫 어깨를 떨었다.

'설마 이것은 보충을 하겠다는?'

그건 말도 안되는 일이었다. 화룡을 발현한 것만도 아직 끔찍했다. 게다가 지금은 천위칠군의 등장에 마음을 추슬러야 할 시간이 아닌가!

"무슨 헛소리냐! 화룡이라니!"

"허공에 비산하는 마지막 불꽃을 보았습니다. 후후후, 선학신군이 반쯤 죽어버리지 않았습니까?"

"나, 나는……."

"아수라천마님은 가능한 세 번을 채워놓으라 하셨습니다."

"무슨 헛소리냐! 어서 속히 안배를 취해야 한다. 천위칠군이 움직이고 있지 않느냔 말이다."

"그렇기에 더더욱 가셔야 합니다. 천위칠군은 일곱이나 되기 때문입니다. 그리고 현재로선 선학신군이 중상을 입어 그 충격에 당분간은 움직이지 못할 것입니다. 소인이 전속력으로 모시겠습니다."

그 말과 함께 풍천이 혈도를 제압했다.

"놔라! 놓지 못해!"

도유강이 목에 핏대를 세우고 소리쳤다.

"출발하겠습니다."

"놓으라고! 놓으란 말이다. 이 빌어먹을 새……."

풍천이 아혈까지 제압하고 전력으로 신형을 날렸다.

第六章
묵빛 장포

전전
긍긍
마교교주

스스스슥…….
어둠에 잠긴 밤하늘을 핏빛 그림자가 가로질렀다.
누군가 그 모습을 보았다면 피에 굶주린 거대한 한 마리 박쥐같다고 생각할 모습이었다.
핏빛 박쥐는 이내 울창한 숲에 이르렀다.
팟!
장포를 펼쳐 속도를 줄이며 박쥐가 지면에 내려섰다.
높고, 빼빽한 나무로 인해 달빛조차 들지 않는 숲이었다.
"날 불러내다니…… 꽤나 몸이 달아오른 모양이군."
핏빛 박쥐가 어둠 속 한 지점을 향해 나직이 뇌까렸다.

스윽, 하고 나무 뒤에서 한 그림자가 모습을 드러냈다.

"특급살수들을 잃은 것이 전혀 아쉽지 않다는 것으로 들리는구려, 유령곡주!"

"와선! 본 곡주를 도발코자 부른 것이냐!"

어둠 중에 유령곡주의 두 눈이 광채를 뿌렸다.

와선이 천천히 다가가 유령곡주의 이보 앞에 섰다.

두려움은 어디에서도 찾아볼 수 없었다.

"아니오. 난 그저 속히 '그자'의 목을 취하고 싶을 뿐이오. 이젠 곡주께서 직접 나서주셨으면 하오."

"후후후, 아쉽지만 그 일은 끝났다. 두 명의 특급살수와 일급살수들을 잃고도 '그자'가 누구인지 여전히 정체조차 밝혀내지 못했다. 강호상에서 드러나지 않은 자만큼 꺼림칙한 상대는 없지. 와선, 그대도 생각을 달리하라. 이미 과거의 맹세를 접고 정파 무림인들에겐 의술을 베풀고 있는 지금, 왜 그리 '그자'에게 집착하는가!"

"······."

"역시 혈영신마 때문인가?"

"그렇소. '그자'는 강호를 피로 물들일 것이오. 난 '그자'와 '그자'의 심복에게서 과거 혈영신마의 사악한 그림자를 보았소."

"쯧쯧, 안 됐군."

유령곡주가 남의 일이라는 듯 혀를 찼다.

와선신의가 눈썹을 꿈틀거렸다.
"곡주!"
"멈춰야 할 때를 아는 자가 현명하다."
유령곡주가 떠나려는 듯 몸을 돌렸다.
핏빛 장포가 당장에라도 날아오를 듯 펄럭였다.
"대환단을 주겠소!"
유령곡주의 장포가 차분히 가라앉았다. 천천히 돌아서서 웃음을 지었다. 살기가 옅게 묻어 있었다.
"소림의 대환단을? 와선, 본 곡주를 농락하려 하는가?"
"대환단을 주겠소."
와선이 눈을 똑바로 마주 보고 분명한 목소리로 말했다.
유령곡주도 더 이상 웃지 않았다.
"무슨 뜻이지?"
소림의 대환단은 억만금으로도 살 수 없는 보물 중의 보물. 무림인이라면 꿈에라도 바라 마지않는 비약이다. 와선신의의 의술이 신선의 경지에 이르렀다지만 만들어낼 수 있는 성질의 것이 아니었다.
그럼에도 확신에 차 말하는 데는 그만한 이유가 있다는 뜻.
"사천왕 중 검왕과 함께 소림으로 가는 길이오. 천위칠군 중 한 명인 선학신군이 중상을 당했소."
"천위칠군?"
유령곡주는 흠칫 어깨를 떨었다.

천위칠군의 이름에 놀라고, 그 천위칠군이 현 무림에서 활동하고 있다는 것에 다시 놀랐으며, 어떤 자가 천위칠군에게 중상을 입힐 수 있는가에 경악을 금치 못했다. 먼저 거론된 검왕은 귀에 들어오지도 않았다.

그러나 이내 신색을 회복하고 냉정한 음성으로 물었다.

"천위칠군이 소림에 있다는 건 금시초문이군."

"나 또한 자세한 내막은 모르오. 신성무혼 사후 천위칠군의 수좌인 경천신군이 숭산 북쪽에 머물고 있다는 것과 과거 소림이 천위칠군에게 빚을 지고 있다는 정도를 들었을 뿐이오. 이 정도면 대환단을 취할 수 있다고 믿겠소? 물론 의뢰비는 원래대로 드릴 것이오."

"흐음……."

유령곡주가 낮게 침음성을 흘렸다.

와선신의가 굳이 거짓말을 할 이유는 없었다.

상대가 좋지 않지만 청부의 대가는 거부하기 힘들었다.

와선은 천위칠군에게 '그자'를 죽여달라는 부탁을 할 수 없을 터이고, 천위칠군도 부탁을 들어줄 수 없을 것이다.

"그렇게 하지."

"고맙소."

"단 약속을 어길 시 그 대가는 간단치 않을 것이다."

"나 또한 다짐을 받아야겠소."

유령곡주가 지그시 바라보는 것으로 대답을 대신했다.

"반드시 총력을 기울여 주시오, 곡주를 포함하여."
"그리하겠다. 연락은 언제나처럼……."
그 말과 함께 유령곡주의 신형이 핏빛 선을 그으며 허공으로 사라졌다.

*   *   *

무영신투가 대별산에 도착한 것은 어두운 밤이었다.
'후영이라고?'
모가지가 돌아간 채로 무영신투는 중얼거렸다.
은형지둔을 펼친 채였다.
작정하고 은형지둔을 펼치면 천하의 누구도 찾을 수 없다.
만리향을 지녔다 해도 불가능이다.
그뿐인가, 경공으로는 신성무혼과 어깨를 나란히 했다.
그럼에도 굳이 도망치지 않고 대별산까지 온 것은 순전히 '후영'이란 것을 시험해 봐야 했기 때문이었다.
모가지는 걱정하지 않았다. 모가지야 천하 어디쯤엔가는 되돌려줄 사람이 있을 것이다.
문제는 이 악귀 같은 자들의 손에서 벗어날 수 있는가였다. 그러려면 먼저 후영이란 것이 과연 자신의 은형지둔마저 깨뜨리고 들어올 수 있는지의 여부를 알아봐야 하는 것이다.
'나는 천하제일신투일 뿐이지, 정파를 등지고 천하악귀의

수하가 될 생각은 추호도 없다.'
 시간은 빠르게 흘러 순식간에 두 시진이 지났다.
 시간을 재며 무영신투는 희미하게 웃음을 지었다.
 역시나였다. 제법 큰소리는 쳤지만 그뿐이었다.
 '그럼 그렇지. 후후, 이것으로 자유의 몸이……. 헛!'
 무영신투는 생각을 맺지 못했다. 파삭, 하고 자신만이 느끼고 들을 수 있는 은형지둔이 외부막이 깨어나갔다.
 "헉!"
 그리고 목이 서늘하다.
 잡혔다.
 쑥 잡아 뽑히고, 빙글 돌려졌다.
 그제야 무영신투는 상대를 볼 수 있었다.
 "오래 기다렸느냐? 관찰할 사람이 있어 보고 오느라 이제야 돌아왔느니라."
 목소리가 부드럽고 따뜻했다.
 그리고 외모는?
 "어어어?"
 새하얀 백의가 단정하다.
 사십대 초반의 중년인이 여유롭게 서 있었다.
 이목구비가 반듯한 것이 멋진 중년인이라는 생각이 들었다. 또 한편으로는 먹물 냄새도 나는 것이 서생 같기도 했다.
 그리고 빙긋 웃는 표정에 절로 정감이 갔다.

한참 젊은 놈이 대뜸 하대를 하긴 했지만 어쩐지 그 하대마저도 자연스럽게 느껴질 정도여서 거부감이 들지 않았다.

도저히 오만하고 난폭한 주군이란 자와 풍천이란 자와 동류가 맞는지 의심스러웠다. 아니, 아닐 것이다.

"혹시 풍천이란 분 모르시지요?"

상대가 대답하기 편하도록 긍정을 유도했다.

"노대는 잘 지내고 계시더냐?"

'노, 노대? 젠장……'

희망은 사라졌다. 이런 자가 악마와 한편이라니.

"네, 잘 계십니다."

너무나도.

"주군을 뵐 생각을 하니 두근거리는구나."

너무도 평온한 태도로 선망하듯 눈빛이 흐려졌다.

무영신투는 속으로 악을 썼다.

'안 돼! 그딴 걸로 두근거리지 마! 완전 미친놈이란 말이다!'

"자, 어디 보자. 너는 후영이 가슴에 남았구나. 후영 자국을 보고 싶다."

무영신투는 내키지 않았지만 이내 상의를 들어 올렸다.

모가지가 돌아가 있는 덕분에 몸을 돌리고, 손을 뒤로해야 했다.

무영신투는 자신의 가슴에 우물 정(井) 자가 새겨진 것을

묵빛 장포 143

알고 있었다. 하지만 그 뜻은 몰랐으며, 그저 후영이란 것이 새겨지면 모두 우물 정자가 남는 것이라고 생각했었다.
 그런데 그게 아닌 모양이다.
 "흠, 우물이구나. 그럼 너는 졸(卒)이로구나."
 '졸? 내가 졸이라고?
 그럼 악졸(惡卒)? 마졸(魔卒)?
 후영은 요오산에서 잡힐 때 찍힌 것이고, 충성을 맹세한 것은 청죽림이었다. 그걸 떠올리자, 이미 요오산에서부터 졸자로 부리기로 작정한 모양이었다.
 무영신투는 아득함을 느꼈다.
 "그래, 노대가 전하라는 말은 무엇이냐?"
 다시 느릿한 물음.
 "노대께선……."
 "아니다."
 "네?"
 "너는 노대를 노대라고 부를 수 없다. 너는 우물의 표시이고, 졸이 아니더냐?"
 무영신투는 순간 울컥 설움이 복받쳤다.
 다정한 얼굴로 말하니까 더 서럽다. 풍천이 '넌 그냥이다'라고 했을 때도 이런 기분은 아니었다.
 무영신투가 기죽은 투로 말했다.
 "죄송합니다. 전하라는 말씀은……".

이어 무영신투는 청죽림에서의 일을 고했다.

격전이 벌어졌고, 두 분은 무사하며, 선학신군이 백학으로 공동전인과 함께 도주하였으며, 백학의 두 다리가 잘려 나갔다는 것이었다.

"주군께선 낙양에서 기다리시겠다 하셨습니다."

"그래, 일이 그렇게 되었구나. 천위칠군이 이리도 재빠르게 무덤을 팔 줄은 몰랐구나. 주군께서 가시는 위대한 길이거늘 그래선 안 되는 거지."

중년인이 느릿느릿 말을 맺었다.

무영신투가 뇌전에 감전된 듯 바르르 떨었다.

도대체 이것들의 정체가 뭔지 몰라도 천위칠군을 아주 동네 개만도 못하게 여기는 것이다. 개는 두드려 패야 제 맛이라는 식인 것이다.

"날 따라오너라. 주군을 뵙는 일, 의복을 갖춰야겠지."

"저기……"

"왜 그러느냐?"

"그전에 먼저 제 모가지부터 부탁드려도……"

"그래, 그 모습으론 불편하겠구나. 자, 보자."

중년인이 무영신투의 목을 붙들었다.

"노대의 수법이 갈수록 정교해지는구나. 주군과 함께하며 더욱 숙련된 듯하니……"

"가능하시겠지요?"

"물론이다. 하지만 노대처럼 신속하게는 어렵단다. 조금 고통이 따를 것이니 넌 참아야 할 것이다."

"네, 부탁드립니다."

중년인이 손에 힘을 가하더니 목을 돌렸다.

뚜드드드…….

무영신투는 즉시 비명을 내질렀다.

"으아아아악~"

"참아야지."

"으아아아악~ 빨리, 빨리 좀!"

무영신투는 미쳐 버릴 것 같았다.

신속하게가 무리라는 말은 들었지만 이건 너무 느리다.

차라리 이대로 다시 돌아가 풍천에게 돌려달라고 하는 편이 나을 성싶었다.

"역시 졸이라 참을성이 없구나."

뚜드드드…….

"제발 좀 빨리, 빨리, 으아아아악~"

"이제 곧 되느니라."

"으아아아악, 씨발! 아프다고~"

중년인이 손을 멈췄다.

"너는 졸이 아니냐? 그런데 어찌 욕을 하는 것이냐?"

"죄, 죄송합니다. 너무 고통스러운지라 그만……."

"쯧쯧쯧, 경솔하구나. 하긴 그러니 졸이겠지."

기분 상하는 말을 차분히 건네며 중년인이 다시 목을 돌리기 시작했다.
"으아아아악~ 빨리 좀, 제발…… 씨……. 으아아악~"
"참거라, 졸아."
그로부터 일다경 가까이 무영신투는 대별산이 떠나갈 정도로 비명을 질러야 했다.

    *   *   *

딩딩~ 딩딩~
밖에서 칠현금의 음률이 듣기 좋게 울려 퍼진다.
낙양 만경루의 별채에서 도유강은 혈편복을 기다렸다.
눈부시게 요오산까지 끌려가 기둥에 매달려 한껏 펄럭였고, 풍천을 지근지근 밟고, 다시 눈부시게 낙양으로 돌아왔다.
'혈편복…… 도대체 어떤 놈인 걸까?'
아버지가 남겨두신 세 명의 심복.
청파검은 스스로 마옥에 갇힐 만큼 정상이 아니다.
풍천이야 두말하면 입이 아플 정도.
도유강은 부디 마지막 심복만큼은 정상이길 바랐다.
그러나 혈편복이라는 이름에서부터 자꾸만 불안해지는 건 어쩔 수 없었다.

그때 누군가 밖에서 문을 두드렸다.
똑똑똑.
"누구냐?"
풍천의 반응에 문이 열렸다.
중년 여인이었다.
두 눈에 색기가 감돌고, 치마 사이로 탐스런 허벅지가 훤히 드러나며 한껏 요염함을 뽐내고 있었다.
주루에 들 때 자신을 루주라고 소개한 여인이었다.
풍천이 반응했다.
"뭐냐?"
"영웅호걸이 두 분이나 계시거늘 기녀가 없으니 허전해 보이는군요. 소녀가 천하절색의 기녀들을……."
풍천이 말허리를 잘랐다.
"꺼져라."
루주가 살포시 미소를 머금었다.
"그럼 필요한 것이 있으시다면 언제든 불러주세요."
방문이 닫히고, 도유강은 술잔을 들이켰다.
잔이 비자, 바로 풍천이 술을 채웠다.
별채 복도 너머에서 '흥, 알고 보니 고자새끼들이었군' 이라는 루주의 낮은 중얼거림이 들려왔다.
풍천이 바로 몸을 일으켰다.
어디 하루 이틀인가. 도유강은 대번에 풍천의 의도를 알아차렸다.
"앉아!"
"주군, 잠시면 됩니다."
"여긴 주루다. 일일이 신경 쓸 필요 없다."
"간단히 입만 찢어놓고 오겠습니다."
"간단치 않아! 당장 앉지 못해!"
"네."
풍천이 마지못해하며 자리에 앉았다.
그러면서도 힐끗힐끗 문을 바라보는 것이 입을 찢어버리지 못하는 것을 안타까워하는 모습이 역력했다.
도유강이 술잔을 비우자, 풍천이 얼른 잔을 채웠다.
다시 한잔을 들이키려다 도유강이 고개를 들었다.
'오는군.'
만경루 외곽 부근에서 은밀하면서도 빠른 두 개의 기척이 다가오고 있었다.
"오고 있습니다."
풍천이 확인해 주었다.
기척은 순식간에 문 앞에 이르렀다.
"들어오라."
스르륵.
문이 열리고 혈편복이 모습을 드러냈다. 박쥐의 날개 같은 묵빛 장포를 두르고 있었다. 그 뒤로는 무영신투가 어정쩡하게 서 있었다.

　도유강은 빠르게 혈편복을 살폈다.

　나이는 대략 삼십대 후반에서 사십대 초반 정도.

　키는 적당했고, 장포 안의 몸은 날렵해 보였다.

　외모는……

　'오오오!'

　이럴 수가 있단 말인가!

　반듯하다. 이목구비가 단정하고, 부드러운 인상이다.

　다정다감한 선비요, 자상한 한 집안의 가장 같은 듬직함도 엿보였다. 어떻게 보더라도 마교의 잔혹한 마인이라고는 짐작하기 힘든 외모였다.

　혈편복이라는 이름과 타격의 임무라는 말에 바싹 긴장하고 있던 마음이 눈 녹듯이 녹아내렸다.

　이제야 사람다운 심복을 만난 기쁨에 도유강은 흐뭇함을 감출 길이 없었다.

　혈편복이 바로 도유강 앞에 부복했다.

　"천세 천세 천천세! 만세 만세 만만세! 혈편복이 위대한 주군을 뵙습니다. 주군께서 불러주시길 학수고대하고 있었습니다."

　무영신투는 따라 들어와 앉는 것도 아니고, 서 있는 것도 아닌 엉거주춤한 자세로 멍하니 이 광경을 지켜봤다.

　도유강은 대단히 흡족해 고개를 연신 끄덕였다.

느릿하고 차분한 목소리가 듣기 좋았다.

바로 이것이다. 심복이란 모름지기 이래야 하는 것이다.

왜 이제 왔느냐? 너 같은 자를 기다리고 있었다며 포옹이라도 하고 싶었다. 혈편복이라면 속 깊은 대화도 터놓고 나눌 수 있을 것 같았다.

"그래, 편히 앉아라."

"주군, 이대로가 편합니다."

그때 불쑥 풍천이 끼어들었다.

"혈편복, 주군께 본모습을 보였으니 이제 됐다. 본격적으로 움직이게 될 터이니 추환(醜幻)을 착용하라."

"네, 노대."

도유강이 의아함으로 '추환?'이라고 중얼거릴 때, 혈편복이 손으로 얼굴을 쓸었다.

순간 손이 스쳐 나가며 인상이 돌변했다.

부드럽고 담백하던 눈빛은 바늘이 튀어나올 듯 날카롭게 변하며 광채를 발하고, 반듯하던 이목구비도 완벽히 사라졌다.

대신 불쑥 튀어나온 광대뼈와 입술에서부터 오른쪽 뺨까지 그어진 검상이 드러났다. 왼쪽 뺨은 곰보자국으로 얼룩져 있었다.

이젠 어딜 봐도 다정다감함은 찾을 수 없었다. 그야말로 추환이라는 말처럼 아주 대놓고 추악하고 악랄한 놈으로 변해

묵빛 장포 151

버린 것이다.

그러나 문제는 그뿐만이 아니었다.

"오랜만에 추환을 쓰니 좋군요. 캬캬캬캬!"

도유강은 흠칫 어깨를 떨었다.

'흡, 이 새끼가!'

캬캬캬라니, 추환을 사용하면 얼굴만 변하는 것이 아니라 목소리며 성격까지 돌변한단 말인가?

놀란 건 도유강만은 아니었다.

엉거주춤 서 있던 무영신투는 이미 이때 눈은 눈대로, 입은 입대로 있는대로 찢고 있는 상태였다.

'마, 말도 안 돼!'

오래 걸리긴 했지만 모가지도 돌려주고, 욕을 해도 혀를 차고 말던 그 선하디선한 정상인이 사라져 버린 것이다.

어째 갈아입는다는 옷이 묵빛 장포라 수상쩍었지만 그러려니 했는데, 이제 미친놈으로 거듭나 버린 것이다.

그때 풍천이 무영신투를 불렀다.

"무영신투!"

"네."

"너는 지금 바로 신밀(新密)의 효군산으로 떠나 그곳에서 기다려라. 의복과 향수, 여정에 필요한 것들을 충분히 준비해 놓아야 한다."

"네."

아직도 놀라움이 가시지 않았던 무영신투는 마침 이 자리에 있는 것이 죽기보다 싫어지던 차였다.
바로 도유강에게 인사를 올리고 문을 나서고는 쏜살같이 사라졌다.
도유강은 풍천이 왜 무영신투를 보내는지, 무영신투가 어떤 인사말을 건넸는지도 전혀 듣지 못했다.
이래선 안 되는 것이다. 혈편복을 사람다운 심복으로 다시 되돌려 놓아야 했다.
도유강이 버럭 외쳤다.
"왜 멀쩡한 얼굴을 두고 흉악한 인피를 착용한 것이냐!"
"아수라천마께서 명하신 일입니다. 캬캬캬!"
또 캬캬캬, 였다.
"아버지가?"
"마인은 마인다워야 한다고 하셨습니다. 주군, 보기 좋지 않으신지요. 캬캬캬!"
"허허허……."
도유강은 어처구니가 없었다.
얼굴부터 먹고 들어가야 한단 말인가!
심복들도 심복이지만 아버지도 만만치 않았다.
"캬캬캬, 주군께서도 인피면구를 착용하셨군요."
도유강은 저 조롱하듯 웃는 얼굴을 이젠 한 대 쳐버리고 싶었다. 이건 미친놈 중에서도 상 미친놈이었다.

묵빛 장포

그때 풍천이 나직이 뇌까렸다.
"혈편복! 한 번만 더 주군 앞에서 캬캬캬거려라. 그땐 아주 죽여 버리겠다!"
"노대, 지금 한번 해보겠다는 것이오?"
혈편복이 고개를 슬쩍 갸웃하며 비웃음을 머금었다.
스멀스멀 살기도 피어났다.
도유강은 이제 넋이 나가 버릴 지경이었다.
천하에 부릴 수 있는 심복은 둘뿐인데, 두 놈 다 미친 데다 그 미친놈들끼리 당장에라도 칼부림을 할 듯 살기를 줄기줄기 뿌려대고 있었다.
말려야 한다는 생각이 들었지만 무슨 말을 꺼내기조차 어렵게 분위기가 살벌해, 도유강은 그저 상 아래에서 두 다리를 떨기 바빴다.
풍천이 자리에서 일어섰다.
그러자 혈편복도 마주 일어섰다.
"따라나와라. 주군, 무례를 용서하십시오."
풍천이 혈편복을 일견하고, 굳어버린 도유강을 향해 머리를 조아렸다.
"캬캬캬, 좋다. 오늘 비로소 네놈의 뼈를 발라주마. 주군, 다녀옵지요, 캬캬캬!"
혈편복이 한쪽 입꼬리를 올리고 풍천의 뒤를 따랐다.
스륵, 탁!

문이 닫혔다.
도유강이 떨리는 다리를 진정시키며 술잔을 잡았다.
그러나 곧 손을 놓았다.
이대로는 손을 떨게 될 테고 그럼 술을 흘리고 만다.
도대체 이게 뭐란 말인가!
이럴 거면 차라리 한 놈인 것이 나았다.
고작 하나가 늘었을 뿐인데 이 모양이라면 만약에, 아주 만약에, 마교 교주가 되는 날엔 도저히 감당할 수 없는 노릇이었다.
아니, 아니다. 결코 마교 교주가 돼서는 안 된다.
그렇게 속으로 다짐할 때였다.
"믿을 수 없구나. 감히 네깟 놈이 주군을 농락하다니!"
풍천의 호통 소리에 이어 괴음이 발했다.
처억! 처억! 척!
도유강은 다시 다리를 떨었다.
척척거리는 건 명백히 살을 후려치는 소리였다.
틀림없었다.
피육이 짓이겨지는 그런 둔탁한 소리였다.
"캬캬캬! 크아아악~"
혈편복이 특유의 웃음을 흘리다 비명을 내질렀다.
"네놈의 무위가 결코 가볍지 않거늘 추환조차 아직 조절하지 못하고, 주군 앞에서 망발을 하는 것이냐! 감히 하늘 위의 하늘을 조롱하겠다는 것이냐!"

처억! 처억! 척!

"캬캬캬! 이 새끼가……. 크아아아악!"

"주군께서 네놈을 만나겠노라 주루에까지 드셨거늘. 그냥 오늘 이 자리에서 죽어라!"

계속되는 호통에 격타음이 나더니 급기야 쿠르릉, 하고 벽이 연달아 무너지는 소리가 들렸다.

도유강은 안색이 더욱 핼쑥해졌다.

보지 않고도 반대편 별채가 붕괴되며 폐허가 되어가는 것이 눈에 선했다. 벌써 소란에 놀란 사람들의 비명도 여기저기서 터져 나오기 시작했다.

"사람 살려~ 사람 살려~"

"이게 대체 무슨 일이야?"

"싸움이 났어요. 덩치가 사람을 쳐죽이고 있어요."

"저기 봐! 흉악하게 생긴 놈이 죽어가고 있어!"

"으악, 벽이 무너진다~"

뒤늦게 소란을 알아챈 루주도 고성에 동참했다.

"도대체 어떤 새끼들이 주루에서 싸워!"

그야말로 난장판이었다.

"허허허허……."

도유강은 절로 득도한 노승처럼 웃었다.

이어 가부좌를 틀고 조용히 능운무상공을 운용했다.

'잊자, 잊어. 모든 것을…….'

굳이 심복들을 남겨두신 아버지의 쓸데없는 배려!

제정신이 아닌 심복들에 대한 두려움!

적이 된 천위칠군!

생각만 해도 심장이 터질 것 같았다.

이렇게 마음이 복잡할 때는 능운무상공만 한 것이 없었다.

'잊어야 한다. 세상만사 다 부질없는 게지.'

잠시 후 운기를 마쳤을 때 비명 소리는 달라져 있었다.

"그만, 그만~ 노대, 이러다 죽습니다."

"몰랐단 말이냐! 죽일 참이다!"

처억!

"크억~"

피육이 질펀하게 뭉개지는 소리와 함께 혈편복이 단말마의 비명을 내질렀다.

곧 풍천이 혈편복의 뒷덜미를 잡고 질질 끌고 왔다.

혈편복은 엉망진창으로 망가져 있었다.

머리는 산발이 되고, 옷은 먼지투성이에, 이마가 깨졌는지 피가 흘러내리고 있었다.

"주군께 용서를 빌어라."

풍천이 던지듯 내려놓았다.

혈편복이 꿈틀꿈틀대며 힘겹게 무릎을 꿇었다.

"주군, 용서하십시오. 추환은 마공의 일종입니다. 오랫동

안 쓰지 않고 있다 다시 쓰게 될 경우 잠시 동안 걷잡을 수 없이 폭주하는 단점이 있어 무례를 범하였습니다. 용서하십시오. 헤에……."

도유강은 웃어버릴 뻔했다.

캬캬캬는 사라졌지만 헤에, 라니. 역시 마공의 폐해는 간단치 않았다.

"이해할 수 있다."

이해 안 하면 또 어쩌겠는가. 도유강은 자포자기한 심정으로 선량한 혈편복은 잊어버리기로 했다.

"감사합니다."

"너는 그동안 어디에서 무엇을 하고 있었느냐?"

"대별산을 중심 거점으로 수련하였으며 틈틈이 천하의 이곳저곳을 두루 관찰하며 때를 기다리고 있었습니다. 본시 제 소임은 주군께서 지존좌에 오르시기까지 혹여 발생할 수 있는 외부의 돌발 변수에 대응하라는 것이 아수라천마님의 명이셨습니다. 캬……. 흠, 죄송합니다."

바로 풍천이 꿈틀거렸다.

도유강이 손을 들어 제지했다.

이렇게 맞았는데도 캬, 가 나온다면 어쩔 수 없었다. 그래도 이 정도면 폭주 상태보다는 매우 양호했다.

혈편복이 말을 이었다.

"주군의 소식은 듣고 있었습니다. 흑룡방 몰살 소식부터 소인은 강호가 진동할 때마다 전율하였습니다. 소인은 주군께서 온전히 일곱 안배를 취하신 다음 응당 '언제나 웃는 자' 소면마군을 추살하는 임무를 수행할 것이라고 생각하였으나 무엄하게도 천위칠군이 개입할 줄은 몰랐습니다. 소인은 어떤 일이 있더라도 천위칠군을 모조리 죽여 버리겠습니다."

"천위칠군을 모조리 죽인다고?"

제아무리 타격의 임무를 띤 살인병기라지만 이쯤이면 광오한 발언이었다. 이미 풍천에게 말도 안 되게 폭행당하지 않았던가.

그때였다.

쾅!

문이 부서질듯 열리며 뾰족한 고함이 터졌다.

"이 새끼들이 별채를 절반이나 부숴놓고 여기서 담소를 나누시네들?"

보니 만경루의 루주였다.

허리춤에 손을 올리고 쌍심지를 켜고 있었다.

그 뒤로 섭여 명의 칼잡이가 작정한 듯 도열해 있었다.

루주가 다시 외쳤다.

"감히 하오문 관할에서 소란을 피웠겠다! 오늘 내 너희들에게 강호의 무서움을 알려주마."

도유강이 멀뚱하니 루주를 바라봤다.

혈편복이 '캬캬캬' 거렸고, 풍천은 고개를 갸웃하더니 일어섰다.

이대론 다 죽는다. 말려야 했다.

도유강이 서둘러 말했다.

"풍천, 해치지 말고 잘 타일러라. 일반인들이다."

"존명!"

바로 루주가 소리쳤다.

"뭐라고! 일반인? 대하오문을 감히!"

풍천이 문을 닫으려 할 때, 칼잡이 셋이 복부를 향해 칼을 마구잡이로 쑤셔댔다.

텅, 텅, 텅, 텅!

탁, 하고 문이 닫히고 합창하듯 '어?' 하는 소리가 나더니 바로 고요해졌다.

부들거리는 기척이 서서히 멀어져 갔다.

도유강은 다시 혈편복의 말을 상기했다.

"혈편복, 네가 천위칠군을 모조리 제거한다는 것이 무슨 뜻이냐?"

"네, 죽여 버리겠습니다."

"본 실력을 발휘하면 풍천보다 더 대단하다?"

"아닙니다. 캬아……."

"그런데?"

"어떻게든 죽이겠습니다."

"어떻게?"

"반드시 죽여 버리겠습니다."

"그러니까 어떻게?"

"죽여 버립니다. 캬캬……."

"그러니까 어떻게냐고 물었다.

"기필코."

쾅!

도유강이 술상을 내려쳤다.

"지금 말장난을 하겠다는 것이냐!"

"아닙니다."

"그럼 뭘 어떻게 하겠다는 것이냐!"

"잘……. 죽여 버리겠습니다."

"다시 말해봐라."

도유강이 미간을 좁히고 와락, 술병을 쥐었다.

혈편복이 말했다.

"잘……."

그순간 도유강이 술병으로 머리를 후려갈겼다.

파장창!

술병의 술이 머리부터 주르륵 흘러내리고, 깨진 술병 조각이 머리에 엉겨붙었다.

"정신이 있는 거냐, 없는 거냐! 캬캬캬거리기나 하고 무슨 말끝마다 대책도 없이 죽여 버리겠다는 것이냐!"

흘러내리는 술을 닦을 생각도 하지 않고 혈편복이 입을

열었다.
"최선을 다한다면……."
"닥치지 못해!"
"주군, 혈편복은 잘 죽입니다."
말을 한 건 어느새 들어온 풍천이었다.
이제 두 놈이 작당이라도 할 기세였다. 그러나 핵심은 그것이 아니다.
"그래서 천위칠군을 모조리 죽이기라도 하겠다는 것이냐!"
"아닙니다."
"아니라고?"
도유강이 놀라 반문했다.
천위칠군을 죽이자고 하면 반대할 생각이었다.
그들은 그저 강호의 판세에 따라 반대편에 선 자들이었다. 어쩔 수 없는 상황이 아니라면 일전을 피해야 했다.
또한 묘하게도 청죽림에서 본 천위칠군 제자의 약해 빠진 눈물도 자꾸 마음에 걸렸다.
풍천이 말했다.
"죽여야 할 자는 천위칠군이 아닌 그들의 공동전인입니다. 그자를 죽이면 모든 것이 허물어집니다. 또한 그 길이 가장 쉬운 길이기도 합니다. 혈편복이 할 일은 공동전인을 제거하는 일입니다."

도유강은 할 말을 잃어버렸다.

풍천의 말대로 천룡도를 얻은 공동전인, 그 마음 여린 청년이 사라진다면 천위칠군에게 안배의 의미는 사라진다. 그것은 천위칠군을 제거하고 막는 것보다 훨씬 더 쉬운 일이 될 터였다.

그러나 도유강은 자신의 꿈이 아무리 소중해도 다른 이의 생명을 빼앗으면서까지 성취할 생각은 추호도 없었다. 그 가치관을 깨뜨린다면 그건 곧 자신을 부정하는 일이며, 마인과 다를 바 없었다.

"안 된다."

"주군, 위대한 길에 장애물을 제거하는 일입니다."

"주군, 언젠가는 반드시 죽여야 할 자입니다. 조금 일찍 죽이는 것뿐이지요."

풍천과 혈편복이 머리를 조아리며 말했다.

도유강은 단호히 고개를 저었다.

"난 결코 허락할 수 없다. 내 뜻은 견고하다."

"주군!"

"주군!"

피 끓는 외침이 동시에 터졌다.

도유강도 결코 물러설 생각이 없었다.

"안 된다고 말했다. 네놈들이 감히 내 뜻을 거역하겠다는 것이냐!"

"주군, 이유가 무엇입니까?"

"합당한 이유를 듣고 싶습니다."

"닥치지 못해! 죽여 버릴까 보다!"

도유강이 외친 순간, 주변 공기가 한순간에 변했다.

"……"

"……"

풍천과 혈편복이 눈을 가늘게 뜨고 바라봤다.

아까까지 서로 싸우던 놈들이라곤 믿을 수 없을 만큼 한마음이 되어 쏘아본다.

지존이 과연 지존의 자격이 있는지 의심스럽다는 눈빛, 과연 충성할 만한 존재인가에 대해 가늠하는 것처럼도 보였다.

대답 여하에 따라 무슨 짓을 할지 모를 스산함.

'이놈들 봐라.'

도유강은 분노가 일었다.

'결국 충성의 본모습이 이것이었단 말인가! 그래, 그렇겠지. 마교가 달리 마교겠느냐. 이 흉악한 놈들, 배도의 역사가 마도의 역사가 아닌가. 충성을 외쳐도 결국은 제 뜻에 어긋나는 순간 끝이겠지. 좋다. 언젠가는 결판을 내야 한다면 오늘 끝을 보자. 차라리 너희를 죽이는 것이 천하를 위한 길이고, 나를 위한 길이다.'

화룡이라면 가능하다.

억지로 끌려가 다시 보충까지 하고 온 마당이다. 아주 이가 갈린다. 총 세 번에 걸쳐 연달아 화룡을 펼친다면 이 자리에서 모든 것을 끝낼 수 있다.

그러나 이건 도유강의 오해였다.

정작 분위기가 돌변한 것은 풍천과 혈편복이 아니라 도유강 쪽이었고, 그 사실을 두 심복은 이해할 수 없어 절로 눈이 가늘어지고, 의아하게 바라보고 있던 것뿐이었다.

혈편복이 전음을 날렸다.

[노, 노대, 주군의 눈알이 왜 저리도 벌겋게 번뜩거리는 것입니까?]

[나도 모르는 일이다. 처음 있는 일이다.]

[설마 화룡을 취하신 겁니까?]

[그렇게 되었다.]

[그렇더라도 저렇게 눈알이 시뻘게져서는……]

[닥쳐, 이 새끼야. 자꾸 눈알이라 할 테냐. 한 번만 더 지껄이면 네 눈알을 뽑아버리겠다. 주군도 거쳐온 길이 간단치 않으시니 혈광 정도는 이제 우습게 뿜어낼 수도 있으실 테지.]

[근데 노대는 왜 흠칫한 거요?]

[닥쳐!]

그랬다.

한순간 도유강의 두 눈이 혈광을 발하고 있었는데, 붉은 광선이 형형히 뿜어져 나오는 모습이 정녕 마존의 위엄을 여실히 드러내고 있었던 것이다.

그러는 사이, 도유강은 화룡을 발현할 결심을 굳힌 상태였다. 두 팔을 언제라도 교차할 태세를 갖추고, 빠르게 심결을 운용했다.
그 순간.
찌릿!
등골을 타고 고통이 뒷목까지 치고 올라왔다.
'윽!'
도유강이 얼굴을 있는 대로 일그러뜨렸다.
아프다. 너무 아팠다. 비록 화룡을 펼칠 때의 고통에 비하면 보잘것없는 것이었지만 그건 화룡 발현의 고통이 지독하고도 지독한 것일 뿐 지금 이 고통도 결코 약하다고 할 수는 없었다.
그런데도 이놈들은 스산한 눈초리를 풀지 않고 있었다.
정녕 끝까지 화룡을 봐야겠다는 것이냐!
'이런 놈들 때문에……. 내가……. 이 내가…… 왜 그런 고통을 당해야 한단 말인가! 내가 주군인데! 아버지가 만든 놈들인 주제에! 날 공포로 몰아가! 죽이지 말라고 말했는데, 말을 먹어버려. 죽이지 말라면 죽이지 말 것이지. 이 새끼들이!'
도유강은 이제 더 이상 참을 수 없었다.
바로 상을 뒤엎고 일어나 악을 썼다.
"죽이지 말라면 죽이지 마! 이 개자식들아! 네깟 놈들이 뭔데 지껄이는 것이냐! 감히 내게 이유를 물어! 내가 선택한다. 죽여도 내가 죽인다! 한 번만 더 지껄여 봐라. 그땐 모조리 불태워 죽여 버리겠다!"

혈편복이 입을 쩍 벌렸다.

"주, 주군……. 눈알이 더욱더 불타……."

그 순간 풍천이 혈편복을 후려쳤다.

퍼억!

풍천이 서둘러 말했다.

"주군의 높으신 뜻을 따릅니다. 종국에 주군께서 손수 적의 수뇌를 처단하시겠다는 숭고한 뜻을 헤아리지 못했습니다. 다른 방법을 찾아보겠습니다."

도유강이 씩씩거리며 고통을 참아냈다.

어쨌든 뜻이 전달된 듯하다.

"허튼수작 부리면 각오해야 할 것이다."

"물론입니다."

도유강은 주변을 둘러보았다.

방 안은 난장판이었다.

술상은 엎어져 있고, 깨진 술병이며, 쏟아진 음식들, 그리고 술이 바닥에 흥건했다.

풍천이 혈편복을 향해 말했다.

"너는 즉시 주군의 뜻을 이행하라."

이내 혈편복이 '캬캬캬' 거리고는 도유강을 향해 넙죽 절을 올렸다.

 "주군, 곧 다시 뵙겠습니다. 안배는 주군의 것이 될 것이며, 주군의 뜻은 이루어질 것입니다."

 혈편복이 문을 열고 나서려 할 때, 도유강이 나직이 말했다.

 "…조심해라."

 혈편복이 돌아섰다.

 의문에 찬 눈으로 슬쩍 고개를 갸웃하더니 바로 대답했다.

 "존명!"

 혈편복이 자리를 뜨자, 풍천이 머리를 조아렸다.

 "주군, 움직이시죠. 네 번째 안배를 취하셔야 합니다."

 도유강은 다시 두통이 일었다. 정확히는 네 번째 안배를 대신할 마공인 것이다.

 "어디냐?"

 "……."

 "어디냐니까!"

 "……."

 "뭐냐, 이 반응은? 어디기에 머뭇거리느냐?"

 "…숭산 소림입니다."

 도유강은 머리가 어떻게 돼버릴 것 같았다.

 "소림? 무슨 헛소리냐! 왜 마공이 소림에 있어!"

 불문의 성지에 마공이라니, 달마가 사실은 마교 교주였습니다, 라고 말하는 것처럼 황당하게 들렸다.
"정확히는 소림의 참회동입니다."
소림도 그냥 소림이 아니고 참회동이란다. 이건 참회하라고 보내놨더니 미쳐 버린 작자인 것인가!
"아니다. 너랑 나랑 여기서 끝을 보자."
도유강이 즉시 화룡의 심결을 운용하고 두 팔을 교차했다.
등골이 찌릿해지는 그때였다.
척!
풍천이 두 팔을 잡았다.
"놔라! 놓지 못해!"
"주군, 제가 피하면……."
"놔!"
"…요오산에 다시 가셔야 합니다."
"어?"
도유강은 팔에 힘이 쑥 빠졌다.

第七章
소림

전전
공공
마교교주

숭산 북쪽 연화봉 중턱.

기암절벽의 한 곳에 작은 모옥 두 채가 자리했다.

누가 보기에도 초라하고 볼품없는 모옥이었지만 지금 그 주변은 삼엄한 경비로 철의 장막이 형성되어 있었다.

제일 아래쪽에는 소림의 백팔나한이 도열해 있고, 그 위로 녹림토벌대의 정예 고수들인 모산홍가의 칠검과 귀문방의 십위, 청해육협등이 요소를 지키고 있었다.

모옥 안쪽에서 와선의 음성이 흘러나왔다.

"선학신군은 화기(火氣)에 기경팔맥이 크게 손상을 입었으나 생명엔 지장이 없습니다. 하지만 무공에 관해서라면 회복하기까지 적어도 서너 달은 걸릴 것입니다. 천위칠군의 제자분은 단기간에 내공소모가 극심하였을 뿐이니 걱정할 일은 아닙니다."

그 주위엔 소림방장 불령 대사(不玲大師), 사천왕 중 검왕(劍王), 모산홍가의 가주 관산선생, 귀문방주, 천문파 장문인, 청성파의 장로 뇌진자, 그리고 천위칠군의 수좌인 경천신군과 만묘신군이 앉아 있었다.

"와선신의, 수고가 많았네. 그대가 천하를 위해 신의 의술을 베푸는 것은 정도의 홍복일세."

천위칠군의 수좌인 경천신군이었다.

그는 한쪽 다리가 없었는데, 이는 신성무혼이 마운봉에서 요절할 당시 아수라천마로부터 치명상을 입고 겨우 목숨을 건지긴 하였으나 결국은 다리를 잃고 말았기 때문이었다.

"부끄럽습니다. 원래대로라면 혈영신마의 일을 겪은 후 정도의 고수들을 보살펴야 했음에도 무림 전체를 배척한 일은 후회하고 있습니다. 그런데 선학신군을 해친 흉적은 어떤 자입니까?"

"그 일을 논하고자 이 자리가 마련된 것이 아니겠나. 그전에 명확히 하고 싶은 것이 있네. 검왕, 녹림총채의 본거지인 오태산에서 마교 오마신의 흔적을 찾았다는 것이 사실인가?"

검왕이 바로 입을 열었다.

청의에 귀밑머리가 희끗한 검왕은 마른 체형에 장신의 소유자로 앉은키도 다른 이들보다 머리 하나 정도가 컸다.

"그렇습니다. 피살된 홍와문주와 그 문도 이십여 명의 시신 중 한 구에 피로 흘려 쓴 글자는 '마교(魔敎)'와 '오마신(五魔神)'이었습니다. 죽기 전 가까스로 남긴 글이었으며, 그들의 시신에 남은 검흔, 도흔, 내상의 흔적도 아무나 흉내내기 힘든 것이었습니다."

"흐음……."

경천신군이 침음성을 흘렸다.

소림방장 불령 대사가 말했다.

"녹림의 배후에 마교가 자리하고 있다로 보긴 어렵지 않나 싶군요. 마교는 아수라천마 사후 소면마군이 교주로 즉위하였으나 일 년도 지나지 않았으니 무리수를 둘 까닭이 없지 않습니까?"

"정황으로 보자면 둘의 연관을 부정하기 힘든 것이 사실이지요."

검왕의 말이 끝나기 무섭게 관산선생이 끼어들었다.

"결코 쉽게 판단 내릴 문제는 아니라고 봅니다. 홍와문의 마지막 글귀가 제삼의 세력이 흉계를 품고 고의로 남겨둔 것이고, 그로 인해 정파와 마교의 충돌 후 이득을 원하는 것이라면 훗날 감당키 어려운 일을 맞고 말 것입니다."

검왕도 신중히 고개를 끄덕였다.

경천신군이 물었다.

"제삼의 세력이라……. 관산, 혹 짐작가는 바가 있는가?"

"오태산에서 흑룡방을 몰살한 자들이 있습니다. 그들은 녹림을 장악하고, 와선신의까지 협박하고 술수를 부려 치료를 강제하였던 자들입니다. 현 녹림토벌대는 그 사건 이후 조성된 것이기도 합니다."

관산선생에 이어 천문파의 장문인 비천도 추풍이 말했다.

천문파는 호북 무한의 서쪽 천문에 자리하였고, 그 성세가 구대문파에 버금갈 정도로 성장하고 있었다.

"제삼의 세력이라면 저도 의심가는 이들이 있습니다."

모두가 주목하자, 추풍이 말을 이었다.

"장강수로채와 앙숙지간인 백룡부의 수뇌들이 하루아침에 흔적도 없이 증발한 사건이 있었습니다. 백룡부는 장강수로채와 팽팽히 맞설 정도로 가볍게 볼 수 없는 자들인데 백룡부 증발의 원흉은 수뇌들을 모조리 죽였거나 아니면 수하로 거둔 것이라 할 수 있으니 암중 세력이 아니라면 불가능한 일인 게지요."

"청성이 한마디를 보태겠습니다."

청성파 장로 뇌진자였다.

청성은 현 녹림토벌대에 가장 최근에 합류하였는데, 오마신의 출현이 의심되는 상황에서 사천왕 전원이 녹림토벌대의 수장으로 등극하자 비로소 사태의 무거움을 깨닫고 힘을 보태게 된 것이었다.

"사천에서도 모종의 움직임이 있었습니다. 당문과 맞선 자들로, 비록 당문이 피해를 입은 것은 아니나 철저히 농락당하여 당가의 문주 만독천침자가 혈안이 되어 사천 전역에 천라지망을 펼치기까지 했습니다. 심지어는 청성에까지 들이닥쳐 그자의 이름을 대며 탐문하였지요."

거기까지 들었을 때, 경천신군과 만묘신군의 안색은 더 이상 굳어질 수 없을만큼 딱딱해지고 말았다.

다른 이들은 각각의 이야기를 하는 것에 불과했지만 천위칠군에게는 그 지역의 의미가 남달랐다. 공교롭게도 제삼의 세력이라 짐작되는 이들이 소동을 일으킨 곳이 바로 하나같이 안배의 비동이 자리한 곳들이기 때문이었다.

"그자들 각각의 정체를 아는 바가 있는가?"

경천신군이 물었다.

관산선생이 먼저 답했다.

"흑룡방을 몰살한 자의 이름은 풍천입니다. 그는 일개 심복으로 이십대 초반의 청년을 주군으로 모시고 있었습니다."

그 말에 그 자리에 있는 대다수가 경악성을 터뜨렸다.

소림방장 불령 대사는 처음 듣는 이름이었고, 와선과 귀문방주는 직접 수렴곡에서 겪고 들었기에 놀라지 않았을 뿐, 다른 이들은 안색이 돌변했다.

"이거 참 놀랍군요. 어느 한 밤 백룡부를 지워 버린 자도 풍천이라고 들었소!"

"당문을 농락한 이도 풍천이란 자입니다. 풍천과 주군이란 자를 찾겠다고 당문이 청성을 뒤져 봐야겠다고 한바탕 소란을 벌였기에 똑똑히 기억하고 있습니다."

천문 장문인 추풍과 청성 장로 뇌진자가 말했다.

그러자 이젠 모두가 놀라움을 감추지 못했다.

"이 해괴한 모든 사건들이 설마 단 두 명에 의해 이루어졌단 말이오?"

소림방장 불령 대사가 물었다.

귀문방주 등이 차례로 시인하자 불령 대사가 바로 염주를 돌리며 불호를 외웠다.

"나무관세음보살! 나무관세음보살! 강호에 살귀가 출현하고 말았구려. 나무관세음보살! 어찌 이런 일이……. 나무관세음보살! 석가시여, 어찌하오리까!"

다른 이들도 불도에 귀의하였다면 당장에라도 불호를 외우고 싶을 지경이었다.

불령 대사가 말을 이었다.

"홍와문도들을 해한 것도 오마신이 아닌 그들의 소행이 틀림없구려. 그 분란을 일으키며 마교와 분쟁토록 흉계를 꾸민 것이라니. 나무관세음보살! 나무관세음보살! 섣부른 판단으로 자칫 마교와 쟁투를 벌일 뻔하였소. 나무관세음보살!"

불령 대사는 당황한 것처럼 보였지만 사실 가장 당황한 건 천위칠군이었다.
 이들의 증언처럼 제자 주양인도 풍천이란 이름을 말한 것이다. 주군이라 불린 청년 또한 오만한 눈빛에 결코 범상치 않았다는 말을 덧붙였다.
 그의 경로는 정확히 안배의 비동들이 자리한 곳이었고, 경악스럽게도 그 모든 곳에서 천하를 비웃듯 분란을 일으켰다. 아무 생각이 없는 듯하나 뒤편에서는 마교를 끌어들이는 영악함도 지닌 자들이었다.
 이들의 증언과 마찬가지로 뇌인(腦印)으로 부취객의 생각을 읽었을 때, 부취객은 풍천이란 이름을 언급했고, 제자 주양인도 풍천이란 이름을 확실히 들었노라 말했다. 주군이라 불린 청년 또한 오만한 눈빛에 결코 범상치 않았다는 말도 덧붙였었다.
 그들의 경로는 정확히 안배의 비동들이 자리한 곳이었고, 경악스럽게도 그 모든 곳에서 천하를 비웃듯 분란을 일으켰다. 아무 생각이 없는 듯하나 뒤편에서는 마교를 끌어들이는 영악함도 지닌 자들이었다.
 경천신군과 만묘신군은 차마 이들 앞에서 풍천이란 자에게 선학신군이 해를 입었다는 말은 할 수 없었다.
 자칫 안배에 대한 비밀이 새어나갈 수도 있는 문제였다.
 이 자리에 모인 자들의 면면이 정파의 큰 인물들이긴 하나 안배는 또 다른 의미였다.

견물생심(見物生心)은 고금이래 수많은 사건을 일으키며 교훈을 남겼다.

신성무혼이 익힌 절학들이 하나둘 새어나간다면 그 일로 무림은 더 많은 피를 흘리게 될 터였다.

적은 드러났고, 이제 각자 역할을 수행할 시간이었다.

적을 모를 때는 어둠 속을 걷는 것 같으나 적이 드러난 지금 두려워할 것은 없었다.

불령 대사의 불호가 잔잔히 울리는 중에 경천신군이 검왕을 바라봤다.

"검왕!"

"말씀하십시오."

"그들의 드러난 모습이 현재로는 두 사람에 불과해 보이나 암중 세력이 어떠한지는 알 수 없네. 녹림을 토벌하는 일은 더 이상 의미가 없을 것 같군. 오늘부로 명칭을 항마척결대로 칭하고 남은 정파인들의 결속을 강화하게."

"그리하겠습니다."

"뇌진자!"

"네."

"그대는 청성으로 돌아가 오늘 일을 알리게. 강호에 암중 세력이 모종의 음모를 꾸미고 있다는 것과 그들이 노리는 것이 마교를 끌어들이는 것임을 소상히 설명해야 할 것이

네. 청성이 할 일은 마교와 지리적으로 가까운 만큼 그들의 동태를 면밀히 살펴 이상징후를 파악하는 일이네. 사소한 것으로 보이는 것이 가끔은 매우 중요한 일일 때가 있으니 참고가 될 수 있도록 작고 큰 소식 모두를 사천왕에게 전하도록 하게."

"알겠습니다."

경천신군이 모두를 돌아보며 말을 이었다.

"예로부터 정파는 위기의 순간에 일심단결하여 강호를 겁난에서 구해내었네. 이번 항마척결대도 응당 그리해야 할 것이네. 이곳에 마주한 그대들은 각자가 문파의 수장이요, 명문세가의 가주! 가장 경계해야 할 것은, 그대들이 존엄 속에 지내온 터라 가끔은 자신의 뜻만이 옳다고 생각할 때가 있을 것이라는 점이네. 부디 사천왕을 구심점으로 하여 의견을 모아 현명한 대처를 하길 바라겠네."

"명심하겠습니다."

오직 불령 대사만이 '나무관세음보살' 이라고 답하고, 남은 이들은 모두 한 목소리로 답했다.

"불령 대사."

"나무관세음보살, 말씀하십시오."

"사나흘가량 이들이 소림에 머물 수 있는 곳을 마련해 줄 수 있겠나?"

"물론입니다."

"고맙네, 검왕! 항마척결대의 수뇌가 오늘과 같이 한자리에 모이기는 쉬운 일이 아니니만큼 소림에 머물며 척결대의 세부 구성과 서로간의 역할, 긴급조치를 주고받을 수 있는 연락망과 거기에 쓰일 암호문 등 여러 문제들을 의논한 뒤 소림을 나서도록 하게."

"네."

"모두 선학신군을 해친 자가 궁금하겠으나 안타깝게도 그 자가 누구인지는 알아낸 바가 없네. 하지만 우리 천위칠군은 곧 그를 찾아내 죄를 물을 것이며, 그와 동시에 전력으로 풍천이란 자와 그 주군된 자를 제압할 것이네. 근시일 내에 통천문주를 불러 도움을 구할 것이고, 또한 통천문이 항마척결대를 적극 도울 수 있도록 말해두겠네."

"통천문이 참여한다면 날개를 다는 셈이 될 것입니다."

검왕이 말했다.

이내 모두의 안색도 밝아졌다.

통천문은 현 무림에서 정보를 다루는 문파 중 단연 으뜸이었다. 혹자는 개방과 하오문을 거론하기도 하나 명망있는 자들은 어느 누구 할 것 없이 통천문이 비교할 수 없는 우위에 서 있다는 것을 알고 있었다.

천위칠군이 아닌 누군가가 통천문을 이야기했다면 비웃음을 살 일이겠으나 천위칠군, 그것도 수좌인 경천신군의 한마디 말은 천금보다 무겁고 가치있는 것이었다.

이후 모두들 분분히 자리를 떨치고 일어나 '나무관세음보살'을 나직이 외는 불령 대사를 따라 모옥을 떠났다.
이제 천위칠군 두 사람만 남게 되자, 경천신군이 말했다.
"만묘신군, 양인이를 데려오게나."

*　　*　　*

그자는 바로 '풍천'이었소, 라는 말과 소림 방장 불령 대사의 '나무관세음보살'이 울려 퍼질 무렵, 도유강은 소림 참회동으로 통하는 비밀 통로 입구에 서 있었다.
"풍천!"
막 바위를 옆으로 밀어젖히려는 풍천이 돌아섰다.
"네, 주군."
"지금 뭘 하는 것이냐?"
"이 바위를 치워야 비밀 통로로 들어갈 수 있습니다."
도유강도 그 정도는 알고 있었다.
하지만 문제는 방법이었다.
도유강이 미간을 찡그렸다.
"어째 내가 보기엔 완력으로 바위를 젖히려는 것 같아서 묻는 것이다."
정파 무림의 태산북두로 불리는 소림이다.
소실(小室)이라 불리는 숭산 서쪽 서른여섯 개의 봉우리 중

가장 외곽에 자리한 운무봉 아랫자락에서 풍천은 이곳이 입구라고 했다.

소림의 산문을 정면으로 돌파하는 것이 아니라서 안도했지만, 그렇더라도 태산북두인 소림의 심장부로 향하는데 그냥 단순히 바위를 젖혀 입구를 드러내겠다는 행동은 이해할 수가 없었다.

"주군께서 보신 대로입니다. 진법은 없습니다."

그러더니 바로 바위를 옆으로 젖혔다.

쿠릉, 하고 떡하니 암굴이 드러났다.

도유강은 어이가 없었다. 풍천이 농담을 못하는 것은 알지만 이렇게 어처구니없이 사실로 드러나면 곤란했다.

"이런 말도 안되는 일이……."

너무 당황스러워 이렇게 손쉽게 들어가도 될지 소림에 미안할 지경이었다.

"대체 여긴 누가 파놓은 것이냐?"

"안배를 남긴 무각(無覺)입니다."

"그러니까 네 말은 무각 대사라는 자가 참회하라고 참회동에 보냈더니 참회는 하지 않고 마공을 창안하고, 거기에 더해 외부로 들락거릴 수 있는 암굴까지 파놓았다는 것이냐?"

"그렇게 알고 있습니다."

풍천의 뻔뻔한 대답에 도유강이 버럭 소리를 질렀다.

"그건 완전히 미친놈이라는 말이잖느냐! 이 정도면 열폭마군보다 더하면 더했지 못하지 않다. 정녕 내가 이런 미친 자의 무공을 익혀야 한다는 말이냐!"

"소인도 무각이란 자가 제정신이 아니라고 생각합니다만, 아수라천마께선 대단원의 절대경지에 이르기 위해서는 반드시 필요하다고 말씀하셨습니다. 또한 덧붙여 말씀하시길, 어떠한 고통도 없다고 하셨으니 주군께선 화룡도 때의 마공에 대한 편견을 버리셔도 될 듯합니다."

"하아……."

도유강이 물끄러미 풍천을 바라봤다.

언어능력이 상승했다. 그동안 다니면서 '죽여 버리겠다' 와 '꿇어라' 밖에 모르던 놈인 점을 감안할 때, 이 정도면 가히 현란할 지경이었다.

"거짓이라면 그땐 각오해 두는 것이 좋을 것이다. 참회동은 한정된 공간일 터, 네놈이 과연 그 좁은 곳에서도 화룡을 피할 수 있는지 시험해 보겠다."

풍천이 흠칫 몸을 떨었다.

하지만 이내 억양없이 말했다.

"주군, 고통은 없습니다. 틀림없는 사실입니다."

안으로 들어가 쿠릉, 하고 바위로 입구를 막은 뒤 통로를 따라 이동했다.

좌로 우로 휘어지고, 아래쪽으로 내려가는가 하면 오르막

길도 나왔다. 또 지날수록 협소해졌는데 반 시진이 지나자 앉은걸음으로 움직여야 할 정도가 되었다.
 그러길 다시 일각이 더 지났을 때였다.
 "주군, 도착했습니다. 문을 열겠습니다."
 구궁…….
 풍천이 앞을 가로막고 있는 벽을 위로 들어 올렸다. 이번에도 역시 힘으로 들어 올린 것이 전부였다.
 풍천이 먼저 신형을 날렸다.
 그제야 고개를 내밀고 보니 바닥은 한참 아래였다.
 현재 위치에선 위쪽으로 철판 덮개의 천장이 더 가까웠다.
 천장 모서리 부분에 작은 구멍이 뚫려 있어 빛이 새어들고 있었다.
 신형을 날려 착지했다.
 "이곳은 참회동이 아니라 감옥 같구나."
 "일반적인 참회동은 아닌 것으로 알고 있습니다."
 "참회하는 인간이 없어서 다행이군. 그래, 마공은 어디에 있느냐?"
 찝찝함을 떨치기 어려웠지만 어차피 거쳐야 할 길이라면 서둘러야 했다.
 무려 소림 참회동이 아니던가.
 비록 소림승들이 드나들지 않는다 해도 지금껏 예상치 못한 일들이 벼락같이 닥친 적이 한두 번이 아니기에 결코 방심할 수 없었다.

"주군, 이곳입니다."

풍천이 한쪽 벽을 가리켰다.

벽면에 글자가 음각되어 있었다.

극락에 도달함에 특별함은 없다.
몸의 중심에 힘을 얹어 살며시 밀어 넣고 뺀다.
넣고 빼고 반복에 반복하며 꾸준히 그 느낌을 향유하라.
그제야 극락은 찾아오리니.

글귀는 이것이 전부였다.

도유강은 즉시 풍천을 향해 돌아서며 악을 질렀다.

"이자는 색마(色魔)가 아니냐! 뭘 밀어 넣고 빼면 극락에 임한다는 것이냐! 네놈이 감히 나보고 색공을 익히라고 하다니. 정녕 나와 생사를 결할 셈이냐!"

"주군, 오해십니다."

"똑바로 설명해라!"

"무각은 색마도 아니었고, 색공도 아닙니다. 이 글귀는 그저 안배를 어떻게 얻을 수 있는가에 대한 길을 알려주고 있을 뿐입니다."

"그게 사실이냐?"

"그렇습니다. 이 벽을 열기 위해선 장력으로 미는 힘과 당기는 힘을 한 번씩 교차하면서 일식경가량을 꾸준히 반복해야 합니다."

풍천의 말을 듣고 다시 글귀를 보니 그 뜻이 확연히 달라 보였다.

"흠, 그렇다면야……."

"잠시 쉬고 계십시오."

　　　　　＊　　　＊　　　＊

만묘신군이 주양인과 함께 돌아왔다.

경천신군이 염려를 담아 물었다.

"괜찮느냐?"

"네, 사부님."

의연한 대답에 경천신군이 고개를 끄덕였다.

두 다리가 잘린 백학은 숭산에서 멀지 않은 효군까지 날아와 죽음을 맞았고, 주양인이 중상을 입은 선학신군을 들쳐 업고 돌아왔었다.

그때 주양인은 내공이 고갈된 데다 슬픔과 분노로 심기가 손상되어 거의 제정신이 아니었다. 그나마 주양인이 마음을 추스른 것은 만묘신군이 살아 있다는 것을 눈으로 확인한 뒤였다.

"선학신군은 시일이 지나면 온전히 몸을 회복할 것이다.

네가 할 일은 근심과 염려가 아닌, 남은 안배를 온전히 수습하는 것이다. 너는 준비가 되었느냐?"

"네, 사부님."

경천신군이 만묘신군을 향해 말했다.

"만묘신군은 그자들의 정체를 어찌 생각하시오?"

"여럿의 이야기를 듣기 전에는 필시 마교 쪽 인물이라 생각하였으나 지금으로서는 반반입니다."

"내 생각도 그렇소. 이제 정녕 알 수 없게 되고 만 느낌이오. 그자들이 도대체 어떤 경로로 안배의 비밀을 알게 되었는지, 또 은밀하고도 은밀히 안배를 수습해도 모자랄 터인데 온갖 소동을 일으킨 것인지, 결단코 두 사람만으로 벌일 수 없는 일이니만큼 어떤 세력을 숨겨두고 있는 것인지……."

"청죽림에서 일합을 겨루었고, 우리를 인지했으니 그자들도 이젠 행동을 달리할 것입니다. 어쩌면 이미 북해로 향하고 있을지도 모르겠군요."

"흐음, 사군(四君)에겐 연락을 취하였소?"

"말씀하신대로 조치를 취했습니다. 삼군은 북해 청빙곡으로 바로 가도록 하였고, 검현신군은 하북 위장(圍場)에서 만나기로 하였습니다."

"위장보다 더 가까운 곳은 무리인 게요?"

"지리적 여건상 가장 빠르게 만날 수 있는 곳이 위장이었습니다. 내일 아침 일찍 출발한다면 제때에 만날 수 있을 것입니다."

"어쩔 수 없구려. 부디 다른 신군들과 합류할 때까지는 주의에 주의를 기울여 주시오. 적은 무공이 높고 악랄하기 이를 데 없다는 것을 잊어선 안될 것이오."

"물론입니다."

"백학만 무사했더라도 근심이 덜했을 터인데 아쉽구려. 흐음, 그리고 부취객은 이제 돌려보내야겠소. 설마하니 부취객 주제에 진실만을 말했을 줄은 몰랐구려."

만묘신군이 부취객을 소림으로 데리고 온 것은 경천신군의 비기인 '뇌인(腦印)'으로 머릿속 생각을 읽어내기 위함이었다.

닷새에 걸쳐 알아낸 결과는 부취객이 토설한 대로였고, 그 뒤 주양인이 증언한 내용과도 일치했다.

"뇌인의 섭혼은 이루어졌습니까?"

"안배와 관련한 기억은 온전히 지워졌소. 뇌인의 후유증이 가라앉는 사나흘 뒤에 보낼 생각이오. 뇌인 중에 딸을 보고 싶다며 울먹인 모습을 봐서는 걱정이 많았을 게요."

"그리하십시오."

"아, 그리고 통천문주는 여전히 취목자 그 아이인 게요?"

"그럴 것입니다. 워낙 상층부로 연결되는 과정이 복잡해 꽤 시일이 소요될 것입니다."

"그 정도는 감당해야겠지요."
"그럼 양인이와 저는 채비를 갖추겠습니다."

    *   *   *

통천문(通天門)!
 현 강호에서 정보를 다룸에 있어 최고 중의 최고!
 그들이 어디에 근거를 두고 있고, 조직의 구성이 어떻게 되는지 아는 자는 극비였다.
 정보란 주고받음이니 그 과정에서 행적이 드러나게 마련이다. 그러나 통천문의 방식은 달랐고, 그것은 그들이 오랜 세월 유지할 수 있는 기반이 되었다.
 정보가 필요한 자들을 기다리지 않고, 도리어 반드시 필요로 하는 자들을 찾아간다. 이는 정보를 온전히 손에 쥔 자만이 가능한 방식이었고, 단순하면서도 효과적이었다.
 철저히 통천문이 주(主)가 되고, 수요자는 부(部)가 된다.
 선택의 주체가 누구냐가 바로 오늘날의 통천문이 되게 한 근간이었다.
 또한 점조직으로 이루어진 조직 체계는, 누군가 비밀을 캐려 하거나 혹은 통천문인을 납치해 이용하려 해도 꼬리를 자르면 통천문은 흔적도 없이 사라질 수 있었다.
 통천문의 고급정보를 강제로 탈취하고자 한다면 최소한

장로 급 인사를 포획해야 했다. 그러나 그건 마치 드넓은 모래사장에서 잃어버린 바늘 하나를 찾으려는 것처럼 무모한 시도였다.

이런 까닭에 통천문 장로 매봉화는 지금 자신이 처한 상황을 이해하기 쉽지 않았다.

그녀는 잠결에 보쌈을 당했고, 숲 속으로 끌려왔다. 그뿐 아니라 상대는 정확히 자신의 존재를 간파하고 있었다. 차마 똑바로 쳐다보기 어려운 흉악한 얼굴에 괴상한 웃음을 흘리는 자였다.

"캬캬캬! 왜 그렇게 쳐다보는 것이냐! 내가 좋아?"

"……"

"사랑 고백 따위를 하면 죽여 버린다. 캬악, 퉤!"

"어떻게 내가 통천문의 장로라는 걸……."

매봉화가 더듬거리며 물었다.

혈편복이 어깨를 으쓱했다.

"할 일이 없었다."

"그, 그게 무슨……."

"이 늙다리 할망구야, 한마디만 더 꺼내면 입을 찢어버리겠다. 본좌가 꼭 수고스럽게 입을 열어 통천문 장로 한 명의 행적을 삼 년이나 꼬박 추적했다는 말을 할까 보냐!"

혈편복이 난폭한 말투와 달리 씨익, 웃었다.

매봉화는 입을 닫았다.

상대는 괴상한 방식으로 대답을 해주었다.

상대의 능력을 엿본 매봉화는 삼 년이라면 가능할 것이라고 생각했다. 그 명확한 증거가 바로 현재의 상태였다. 중년 미부인이라는 듣기 좋은 말 대신 할망구라는 말을 들었다 해서 화를 내는 건 무리였다.

그녀는 정주에서 가장 큰 서관인 고금신서관의 관주로 위장하고 있었으며 언제나 관찰자라고 생각했지만, 정작 수년에 걸쳐 괴인으로부터 관찰되고 있었던 것이다.

"할망구, 왜 말이 없어?"

혈편복이 싸늘히 물었다.

매봉화가 침을 꿀꺽 삼켰다.

뺑긋하기만 해도 입을 찢어버리겠다고 한 자가 이렇게 싸늘히 말이 없냐고 해서는 안 되는 것이다.

"말해. 벙어리냐? 혀가 없어? 목젖이 사라졌어?"

"……"

매봉화는 더욱 굳게 입을 닫았다.

순간, 혈편복이 턱을 움켜쥐고 죽일 듯 노려봤다. 매봉화가 놀라는 사이 벌어진 입 안으로 환약을 밀어 넣었다.

이어 목줄기를 툭, 치자 이내 식도로 넘어갔다.

매봉화는 이내 온몸에 작은 벌레들이 기어다니는 느낌을 받았다. 그 벌레들은 수천, 아니, 수만 마리 같았고, 당장에라도 뼈와 살, 내장을 경쟁하듯 갉아먹어 버릴 것 같아 공포에 질려 몸이 덜덜 떨렸다.

"죽이기 싫으면 말해야 할 것이다."

싸늘한 말투!

매봉화가 덜덜 떨며 눈을 부릅떴다.

질문이 잘못되었다.

왜 죽기 싫다면, 이 아니고, 죽이기 싫다면, 이란 말인가!

"내가 너를 찾아냈는데 네 가족은 찾아내지 못했을까?"

매봉화가 순전히 두려움에 질려 눈물을 흘렸다.

더 이상 캬캬캬, 하는 웃음도 없어 그것이 더 무서웠다.

"남편 없이 잘 키웠더구나. 꽁꽁 잘도 숨겨놓기도 했고! 네가 이미 죽기로 각오한 건 잘 알고 있다."

혈편복이 씨익, 웃었다. 하지만 눈은 웃지 않았다.

매봉화의 동공이 미친 듯이 흔들렸다.

"네게 환약을 먹인 것은 널 노린 것이 아니다. 네가 거부하면 네 가족이 이처럼 뜯어 먹혀 죽을 거라는 것을 알려주려 함이지. 어때, 가족을 네 손으로 죽이고 싶나?"

매봉화가 고개를 저었다.

"이제 말할 용기가 생겼겠지?"

매봉화가 고개를 끄덕였다.

"그럼 말하고 죽어라. 네 가족은 지켜주겠다. 천위칠군의 행적을 먼지 한 톨 남김없이 말해라."

상상치도 못한 질문이었다.

"천, 천위칠군이라뇨?"
매봉화는 도저히 믿기 힘들어 다시 묻고 말았다.

혈편복이 캬캬캬거렸다.
"소림이라니, 이렇게 공교로울 수가."
매봉화가 경천신군이 소림에 머물고 있었음과 천위칠군의 영물인 백학이 두 다리가 잘린 채 효군에 추락한 것, 공동전인이 선학신군과 함께 숭산으로 향했다는 이야기를 했을 때였다.
"캬캬캬, 그럼 나머지 오군은?"
"천위칠군 중 다른 오군의 행적은 통천문으로서도 알아내지 못했습니다."
"캬캬캬, 그렇겠지. 통천문이 신선의 집단도 아닌 마당에야 알 리가 없지."
매봉화는 사실대로 말했으나, 그 사실을 사실대로 믿어주지 않을 것이라고 생각했다. 하지만 이 괴인이 순순히 넘어가자 의아함을 감출 수 없었다. 이자는 도무지 예측이 불가능한 자여서 다음 행동이 어떻게 나올지, 어떤 생각을 하는지 짐작조차 하기 힘들었다.
"캬캬캬, 이대로 소림으로 진격?"
매봉화가 공포도 잊고 눈을 부릅떴다.
목표가 천위칠군이라면 이자는 정녕 소림이라도 쳐들어갈

자였다.

혈편복이 바로 고개를 저었다.

"죽고 말겠군. 거기다… 흐음, 겹쳐. 복잡하군. 캬캬캬!"

매봉화가 멍해진 채 바보같이 쳐다봤다.

"할망구, 자꾸 사랑스럽게 쳐다볼 테냐!"

"……."

"이제 네게 볼일은 끝났다. 한 가지만 더 묻지."

"……?"

"조심해라, 는 무슨 뜻이냐?"

"네?"

매봉화는 이 질문이 무언가 함축적인 의미인 듯한데 바로 이해할 수가 없었다.

"왜 조심하라고 하셨을까?"

"무슨 말씀이신지……."

"넌 알 것 없다!"

매봉화가 이를 악물었다.

완전한 광인(狂人)!

죽음을 각오하고 있긴 해도 편안한 죽음을 선사할 자가 아니었다.

"원래는 이렇다. 죽여라! 아니면 죽어라! 거든. 지존의 언어는 이 두 가지에서 모두 파생되어 나오지. 조심해라는 것은 없는 게야. 그렇지 않느냐? 뭐야? 왜 갑자기 말이 없어? 벙어리냐?"

"저……. 저……. 아무래도 걱정하시는……."

"닥쳐라. 어디서 함부로 주둥이를 나불거리는 거냐!"

"……."

"캬캬캬, 서둘러야겠군. 이제 아쉬운 작별의 순간이구나."

"부디 약속을 지켜주십시오."

이제 강호의 비정함이 임한다. 이자에게 구걸은 통하지 않는다. 가족을 해치지 않겠다는 약속을 지킬 수도 있고, 어길 수도 있다. 무엇이든 그녀에게 선택권은 없었다.

매봉화가 각오를 다지고 눈을 감았다.

"뭐 하냐? 입맞춤이라도 해주라는 거냐? 캬캬캬!"

손길이 얼핏 팔에서 어깨를 타고 흐른다.

즉시 매봉화가 눈을 떴다. 그러나 닿은 감촉이 아직 여전하거늘 주변에는 아무도 보이지 않았다.

대신 음성이 귓가에 속삭이듯 들려왔다.

"캬캬캬, 날 바보로 아는 것이냐! 이용가치가 많은 너를 죽일까 보냐! 다음에 또 보자. 명심해라. 너는 오늘 나를 만나지 못했고, 아무 말도 듣지 못했다. 이후 네가 어디로 숨든 네 가족을 어디에 숨기든 한번 인식한 이상 반드시 찾아낼 수 있으니 헛수고하지 말도록! 캬캬캬!"

목소리는 점점 옅어졌다.

찾아낼 수 있다는 말이 결코 헛된 자부심처럼 들리지 않았다. '인식'은 통천문에서는 다른 언어를 사용하지만 그 뜻은 동일한 것이었다.

매봉화가 한숨 쉬듯 중얼거렸다.

"그렇게 말해도 해독약이 없는 이상은……."

"캬캬캬! 애초에 독약이 아니니 해독약 따위가 필요할 리가. 예쁘장한 할망구가 머리는 썩어나가는구나."

모기처럼 들려오는 소리에 매봉화가 벌떡 몸을 일으켜 주변을 돌아봤다. 역시 아무도 찾을 수 없었고, 그녀는 자신의 혈도가 이미 풀렸다는 것도 깨달았다.

第八章
마아환신공

전전
긍긍
마교교주

하남성 정주 천화장!

장주 염단경은 허리가 엉덩이보다 더 퍼져 있고, 턱살은 세 겹이나 될 정도로 뚱뚱했다. 하지만 그는 언제나 포근한 미소를 띠고 곤란에 처한 자들을 돕길 주저하지 않았고, 덕을 베풀길 게을리 하지 않으니 그 덕망이 주변에 널리 퍼져 정주의 남녀노소 할 것 없이 그를 존경하지 않는 자가 없었다.

그러나 지금 집무실에서 서류 뭉치를 뒤적이는 그의 얼굴엔 온통 긴장으로 가득했고, 육수를 뚝뚝 흘리기 바빴다.

염단경이 분류한 서류를 빠르게 훑어나갔다.

차라락!

안광을 날카롭게 빛내며 순식간에 넘겨 검토를 끝냈다.

모두 인지하고 있는 내용들이었다. 단지 이것은 확인절차요, 또 증빙을 요구할 시 보여야 할 것들이었다.

잠시 후 자신의 처소로 들어간 염단경이 부복했다.

"늦었습니다."

절도있는 목소리에 앞쪽 의자에 앉은 자가 반응했다.

"설웅자, 너는 꽤나 꾸물거리는구나. 기름기가 네놈의 간까지 덮어버린 것이냐?"

어린아이의 목소리, 투정하는 듯 앵앵거렸다.

염단경이 머리를 조아렸다.

"죄송합니다."

"그래서 와선은?"

"녹림토벌대는 현재 많은 정파의 고수들이 운집……."

전광동자가 발로 염단경의 가슴팍을 질렀다.

나뒹군 염단경이 신음조차 흘리지 못하고 다시 부복을 취했다.

"와선을 물었다."

"와선은 최근 소림으로 들어갔고, 현재까지의 정보로는 아직 소림에서 나오지 않은 것으로 보고 받았습니다."

염단경, 아니, 하남성 마교 비밀분타주 설웅자가 숨 한 번 쉬지 않고 말했다.

"소림?"

전광동자의 얼굴이 일그러졌다.
"소림에 간 이유는?"
"죄송합니다."
"이 무능한 놈!"
망설임 하나 없이 모른다고 실토하고 있다.
하지만 이게 낫다.
둘러댔다면 죽여 버렸을 테니까.
"꺼져라!"
설웅자가 머리를 바닥에 대고 절한 뒤 물러났다.
전광동자가 중얼거렸다.
"소림이라……."
그가 이곳에 온 건 소교주가 아닌 실마리를 찾아서였다.
사천에서 소교주와 풍천을 놓치고 절망에 빠져 있을 때, 한 가지 묘안이 떠올랐다.
그냥 죽으란 법은 없는 모양이다.
그건 바로 쫓고 있는 자가 자신만이 아니라는 자각이었다.
와선신의는 소교주를 죽이기 위해 살수를 고용했고, 녹림 토벌대의 시발점이 되었다.
오태산에서, 동정호에서 그렇게 살수들이 죽어갔지만 살수란 것들은 계란으로 바위를 치는 일에도 가끔씩은 포기하지 않는 자들이었다.
와선이 살아 있는 한 끝나지 않는 일일 터.

그리하여 찾은 곳이 하남 비밀 분타였다.

과거 오태산에서 최초로 소교주의 행방을 놓쳤을 때도 야명주 건으로 중요 정보를 제공한 것은 설웅자였다. 이번에도 역시나 꼼꼼히 녹림토벌대의 동태를 파악하고 있었다.

그리고 소림이었다.

"소림이라……. 향화객으로 위장해 봐야겠군."

와선을 몰아붙여도 소교주의 행방을 모를 수도 있었다.

하지만 지금으로선 유일한 희망이었다.

대산으로 보고를 올리지 못한 지도 꽤나 지난 지금 더 이상 머뭇거리면 결코 좋은 결말을 보지 못할 터였다.

스스슥…….

신형이 안개처럼 사라지고, 열린 창문 사이로 부는 바람에 휘장이 나부꼈다.

*　　　*　　　*

풍천이 석벽을 여는 동안 도유강은 마공에 대한 불안감에 시달렸다.

좀처럼 화를 내지 않던 사람이 한번 화를 내면 그 폭주를 감당키 어렵고, 술을 못 마시는 사람이 술에 취하면 그 주정은 끝을 모르는 법이다.

그처럼 참회동에서 참회하던 자가 마도로 흘렀다면 그 광기는 화룡마저도 집어삼킬 수 있을 만큼 광오할 터.

'도대체 어떤 자이기에……'

이대로 자리를 박차고 벗어나고 싶다는 생각과 한편으로는 풍천의 광기에 참혹한 사태를 맞을지도 모른다는 생각이 교차했다.

풍천이 벽을 밀고 당긴 지도 일식경이 되어가고 있었다.

이제 결단을 내려야 할 때였다.

'역시 안 되겠어. 이건 아니다.'

도유강은 자리를 박차고 일어났다. 아니, 일어나려고 했다. 그러나 어떻게 된 일인지 몸을 일으킬 수가 없었다. 두 팔과 두 다리에 힘이 쑥 빠지고, 온몸이 나른해졌다.

풍천은 여전히 비동을 열고 있었고, 주변엔 아무도 없었다.

이유를 알 수 없는 그때, 기분이 묘해졌다.

방금까지 품고 있던 마공에 대한 불안이 씻은 듯이 사라졌다. 대신 이곳이 세상 어느 곳보다 숭고하게 느껴지기 시작했다.

도유강은 그런 마음의 변화를 알아차렸기에 이 생각의 변화가 자신의 의지가 아니란 것도 알 수 있었다. 그러나 더욱더 알 수 없는 것은 그 사실을 자각하고 있음에도 이 숭고한 느낌을 떨쳐 낼 수가 없다는 점이었다.

그러다 결국 도유강은 그 저항의 한 조각마저 잃어버렸다.

이 숭고함은 너무나 자연스럽게 파고들어 절로 마음이 경건해지고 평안했다.

그그그긍…….

벽이 안쪽으로 밀려났다.

풍천이 비껴 서며 머리를 조아렸다.

"주군, 다녀오십시오."

"그래, 곧 돌아오마."

도유강이 미소를 머금고 비동 안으로 걸음을 옮겼다.

이 모습에 정작 놀란 것은 풍천이었다.

풍천은 흠칫 어깨까지 떨며 의아하게 바라봤다.

풍천이 아는 도유강은 마공에 대한 극도의 거부감을 지니고 있었다.

화룡에 당하고 나면 누구라도 그런 마음이 되고 마는 것이라 혹여 도주라도 하지 않을까 하여 강제로 밀어 넣을 생각까지 하고 있었거늘 정겨운 미소를 지으니 풍천으로서는 멍해지고 말았다.

"주군!"

그그그긍…….

석문이 저절로 닫히기 시작했다.

풍천이 염려 가득한 눈으로 바라봤다.

도유강이 미소를 지으며 고개를 끄덕였다.

"걱정하지 마라, 아무 일도 없을 것이니."

"주군……."

풍천이 몸을 움찔거렸다.

주군은 소리를 지르고, 분노를 터뜨려야 했다. 그리고 자신은 그런 주군을 억지로 구겨 넣는다. 이게 맞다. 뭔가에 홀린 듯 미소를 지어서는 안 되는 것이다.

그그그긍…….

석벽은 점점 닫혀가고 있었다.

풍천은 이대로 지켜보는 것이 옳은지, 비동을 붕괴시켜야 하는지 사이에서 갈등했다.

그그그긍, 쿵!

풍천은 결국 손을 쓰지 못했다.

근심은 여전했으나 갈등의 순간 떠오른 아수라천마님의 말씀 때문이었다.

"풍천!"

"풍천이 여기 있습니다."

"네 번째 안배, 환령신공은 매우 중요하다. 너는 반드시 내 아들이 환령신공을 취하도록 해야 할 것이다. 결단코 소림 참회동으로 가는 일은 없어야 한다. 왜냐하면 무각은 광승(狂僧)이요, 그가 남긴 것은 '사상 최악의 마공'이기 때문이다."

"주군, 외람된 말씀이오나 '사상 최악의 마공'이라면 도리어 소주께서 취하시는 편이……."

"아니다. 절대 안배에 필요한 것은 '사상 최악의 마공'의 오의(悟

意)이지, 마공 그 자체가 아니기 때문이다."
"'사상 최악의 마공'은 무엇입니까?"
"마야환신공(魔夜幻神功)!"
"용서하십시오. 만약 마야환신공을 취하신다면 어찌 되시는지요?"
"세상은 지옥을 보게 된다."

그 이상은 듣지 못했다.
단지 몇 가지 대비책만 들을 수 있었을 뿐.
후속조치는 만경루에서 무영신투에게 일러두었으나 왜 그것이 필요한 것인지 풍천은 아직 이해할 수 없었다.
풍천이 닫힌 석벽을 보며 들릴 듯 말 듯 중얼거렸다.
"주군… 부디……."

쿵!
도유강은 평온히 비동 안을 둘러보았다.
사면이 반듯한 석실은 텅 비어 있었다.
크기는 가옥의 작은 방 정도.
도유강은 어떤 조급함도 없이 느긋하게 서 있었다.
그때였다.
위위웡~
갑작스런 기음이 일었다.

스팟!

이어 황금빛이 폭사했다. 사방 벽과 천장, 바닥에서 황금빛 찬란한 광채가 일었다.

그 빛들은 이내 중앙 한 지점으로 모여들었고, 사람의 형체를 갖추기 시작했으며 빠르게 완성되어 갔다.

붉은 가사에, 이마에 계인이 찍힌 노승이었다.

빛이 서서히 사라지면서 노승이 몸을 일으켰다.

그때까지도 도유강은 옅은 미소를 머금고 있었다.

노승이 다가와 도유강의 미간 사이를 찍었다.

손가락 끝에서 빛의 파문이 일었고, 그 순간 도유강이 눈을 동그랗게 떴다.

"헉!"

눈앞에 노승이 자애로운 미소를 띠고 있었다. 관음보살의 염화미소를 닮아 있었다.

도유강은 노승을 보고, 주변을 빠르게 둘러봤다.

기억난다.

온전한 경건함에 이끌려 스스로 비동으로 걸어 들어왔고, 풍천에게 미소를 지었다. 빛이 폭사하고 노승이 나타났고, 검지를 들어 미간을 찍는 노승.

또 한편으로 자신이 어떤 기이한 힘에 감싸여 감정이 왜곡되었다는 사실도 자각할 수 있었다.

왜곡된 현실과 그것이 왜곡되어졌다는 자각이 동시에 떠

오르는 것은 어떻게 설명하기가 힘든 불가사의였다.

"이것은 섭혼입니까?"

"아니다. 모두를 극락으로 이끄는 마야환신공의 한 파편이니라."

노승은 여전히 부처님의 온화한 미소를 지었다.

"괴이하군요."

"너는 괴로웠느냐?"

"그건… 아닙니다."

참회동에서 참회는 하지 않고, 마공을 연성했다고 생각했는데 그건 아닌 모양이었다.

노승의 말처럼 어떤 해악도 없었다. 도리어 그 평온함이 아련히 기억 한편에 떠올랐다. 꺼림칙한 것이라면 그것이 자신의 의지에서 발현된 것이 아니라는 점이었다.

"나는 무각이라 한다."

"도유강이 무각 대사님을 뵙습니다."

"너는 이미 경험하였구나."

도유강은 의미를 바로 알아차렸다. 이미 족자 속에 들어가 유청청과 백팔 일을 보낸 도유강이었다. 신비스럽게 형성된 무각 대사의 모습을 보고도 전혀 놀라지 않은 것을 말하고 있는 것이다.

"얼마 전의 일입니다."

무각 대사가 고개를 끄덕이며 말했다.

"그렇구나. 이제 나는 너의 소망을 실현시킬 것이다."

"저의 소망은 천하제패가 아닙니다."

"알고 있다. 넌 특별하다."

"네?"

"장소가 답답하겠구나. 너는 가고 싶은 곳이 있느냐? 네 소망의 장소."

영문을 몰라 도유강이 고개를 갸웃했다.

안배를 두루 겪었으나 이번만큼 당혹스럽긴 처음이었다.

이곳에 홀리듯 들어온 것처럼 여전히 뭔가에 홀려 있는 기분이었다.

무각 대사가 말했다.

"그럼 눈을 감고 차분히 생각해 보아라."

눈을 감았다. 아니, 그저 눈이 감겼다고 해야 했다.

그러자 한 번도 가본 적이 없는 꿈속에 그려보았던 해남도, 그 푸른 바다가 떠올랐다.

눈을 뜨자, 무각 대사가 말했다.

"결정한 것 같구나."

"네. 제가 갈 수 있습니까?"

무각 대사가 도유강의 어깨 위에 손을 올렸다.

"원하는 것을 얻는 방법은 그냥 '가져 버리는 것'이다. 뜻을 이루는 모든 길이 그와 같지."

그 순간이었다.

쏴아아아!

눈앞의 무각 대사가, 천장이, 바닥과 벽들이 소용돌이에 휘말리듯 일그러지며 돌았다. 그리고 다시 소용돌이가 한순간 회복되며 눈앞의 정경이 돌변했다.

이것이 만류귀종인가!

청죽림의 진법의 묘용 속에 빠져 공간을 이동할 때도 이와 같은 변화를 맞았었다.

끼끽, 끼익…….

철썩, 철썩…….

끝없이 펼쳐진 푸른 바다였다.

그 위로 새들이 날고, 파도가 밀려와 백사장에 기포를 일으키며 물러났다.

"여기가 해남도입니까?"

"네가 원하던 곳이다. 하고 싶은 것을 하여라."

무각 대사가 권하듯 잔잔한 미소로 말했다.

도유강은 풍경의 아름다움에 취해 모든 것을 잊어버리고, 즉시 바다에 뛰어들었다.

이미 자맥질이라면 천하에 둘째가라면 서러울 지경이었다. 한껏 헤엄치고 이어 잠영으로 바닷속을 구경했다. 해남도의 바다는 투명하리만치 맑았고, 단 한 번도 본 적 없는 형형색색의 물고기들이 눈앞을 지나갔다.

그렇게 실컷 바다에서 헤엄치고, 근처 어부들과 함께 이야기까지 나누며 흥을 내던 도유강은 거의 한 시진(2시간)이 지나서야 무각 대사의 존재를 깨달았다.
무각 대사가 염화미소로 반겼다.
"죄송합니다. 워낙 꿈꾸던 곳이라 그만……."
도유강이 머리를 숙였다.
신묘함으로 해남도로 인도한 무각 대사다. 고마움을 표하지도 않고 무례를 범하고 말았다.
또한 무각 대사는 신묘하기 이를 데 없어서 진정 마음이 원하는 바를 듣지도 않고 알아차렸으며 또 이루어주었다.
"괜찮다. 너는 이곳이 유한한 곳이며, 시간이 다름을 아는 자가 아니더냐."
"그래서 마음을 놓고 말았습니다."
"누구에게나 꿈의 장소는 있게 마련이고, 그곳에 이르면 주위의 무엇도 의식하지 못하는 것은 당연하다."
도유강은 어쩐지 묘하게 몽롱해지는 느낌이 들었다.
유청청과 함께 있을 때는 모든 것이 선명했는데, 무각 대사의 목소리를 들으면 마치 꿈속에 빠져드는 듯했다.
"너와 나는 이미 오래전부터 이어져 있었으며 만나기로 되어 있었다. 너는 본시 마(魔)의 그늘 아래 있으나 험한 강호의 은원과 질시를 떠나 그저 인생의 소소한 희로애락을 원하고 있다. 그렇지 않느냐?"
"그걸 어찌?"

"이곳은 나의 공간, 모든 것을 알 수 있다."

도유강은 넋이 나가 버릴 것 같았다.

방금까지 품었던 꿈꾸는 듯한 묘한 기분에 대한 의구심도 한순간에 날아가 버렸다.

심장도 미친 듯이 두근거린다.

이제껏 꿈에 대해 말한 것은 유청청밖에 없었다.

하지만 유청청은 듣고 이해하였지, 말하기도 전에 알고 있는 건 아니었다.

그런데 무각 대사는 그저 알고 있다는 듯 말한다.

인연의 끈.

그 말속에서 도유강은 어쩌면 이 안배가 마교의 그늘, 풍천의 그늘, 강호 무림의 그늘에서 벗어날 수 있도록 운명 지어진 것 같았다.

화가 복이 되고, 복이 화가 된다는 것처럼 환령신공을 얻지 못한 것이 도리어 큰 복이란 생각도 들었다.

도유강은 바로 무릎을 꿇고 머리를 숙였다.

"제가 바라는 바가 그러합니다. 부디 저를 제자로 거두시어 가르침을 베풀어주십시오."

"사제의 연은 그저 형식일 뿐이다. 너는 얻게 될 것이다. 첫째 너는 운명지어져 있고, 둘째, 너의 마음이 곧 마야환신공의 근원이기 때문이다."

"마야환신공은 외람된 말씀입니다만 마공이라고 오해하였

습니다."

"세상은 마야환신공을 마공이라 여겼다."

"제가 아둔합니다."

"무인들은 강함을 추구하는 자들. 그 내면에는 불안과 두려움, 공포가 깃들어 있다. 진정 강함은 사랑이며, 아름답게 보는 것이며, 평온임을 모르는 자들은 오로지 파괴로 인해 강함을 인식한다. 마야환신공을 그들이 마공으로 여기는 이유는 마야환신공이 모든 무공을 소멸하고, 온전히 무력화시키기 때문이며, 진정한 의미로 천하무적이기 때문이다."

"무공을 소멸시킨다 하심은 어떤 뜻인지요?"

도유강은 점점 더 두근거렸다. 무공을 소멸한다! 이 말의 의미는 어마어마한 것이었다. 강호의 모든 곳에서 무공이 사라진다면 그것은 꿈의 성취기도 했다.

무각 대사가 답했다.

"그들의 불안과 두려움, 공포를 마야환신공이 제거하기 때문이며, 그로 인해 세상은 마(魔)와 정(正)의 경계가 사라지고 온전한 평온에 이르게 하기 때문이다. 그들은 그 상실감을 피하기 위해 마야환신공을 마공이라 부르게 된 것이다."

"아!"

마와 정의 경계가 사라진다!

도유강은 지금껏 상상하기도 힘든 기괴함을 경험했다고 생각했으나 무각 대사의 마야환신공처럼 신묘한 무공은 그전의 무엇과도 비교할 수 없었다.

천위칠군의 공동전인이 환령신공으로 사령을 불러낸 일이나 풍천의 창공을 가르는 금빛 검강, 심지어 유청청이 항산의 한 봉우리를 일장에 날려 버린 일도 지금 무각 대사가 말한 마야환신공에 비하자면 아무것도 아니었다.

또한 마야환신공이라면 풍천도, 마교도, 강호도 한순간에 평온케 할 수 있을 터였다.

"너는 마야환신공을 직접 보길 원하느냐?"

"네."

도유강이 바로 대답했다.

"가자."

무각 대사가 어깨를 짚었다.

쏴아아아!

정경이 회오리치고, 다시 펼쳐지며 눈앞의 풍경이 달라졌다.

도유강은 흠칫 놀라 한 걸음 물러섰다.

어느 이름 모를 산야, 수천에 이르는 무림인들이 처절한 혈투를 벌이고 있었다. 피의 골짜기가 패고, 시체가 산을 이루고 있었다. 그럼에도 여전히 죽이고 또 죽어가고 있었다.

무각 대사가 말했다.

"이 모습이 강호이다. 네가 해야 할 일이 무엇인지 알겠느냐?"

"그들의 무공을 거둬들이는 일입니다."

"옳다. 그것이 참된 평온이다. 마야환신공은 천지파력(天地破力)의 이치를 중심에 두고 그 안에 여러 절기들을 부릴 수 있다. 그것들은 칠접(七蝶), 이비(二飛), 만유취생(萬有取生), 회광구명(回光求命), 낙화분령(洛花糞靈)이라 한다."

"저들이 품은 원념과 공포, 살심이 사라지는 것은 어떻게 알 수 있습니까?"

"너는 저들이 입으로 빛을 토하는 현상을 볼 것이다. 토광(吐光)이라 한다. 어떤 이들 중엔 토광과 함께 소리를 발산하기도 한다. 빛을 토해내는 이들은 사나흘이 지났을 때, 더 이상 강호에 머무를 수 없으며, 비로소 자신을 돌아보게 된다."

도유강은 들으면 들을수록 신비로웠다.

이는 단순한 무공이 아니며, 세상을 구원으로 이끄는 위대한 힘이었다.

"자, 이제 너는 마야환신공을 볼 준비가 되었느냐?"

"네."

"그럼 보거라. 천지파력!"

무각 대사가 크게 외쳤다.

그 순간 무각 대사를 중심에 두고 무지갯빛 찬란한 광원이 솟구쳤다.

파앙!

무지갯빛 광원이 순식간에 확장되어 거대한 원으로 뻗어

나갔다.

수천의 무림인들이 손을 멈추고 돌아봤다.

그들의 얼굴에 분노와 혐오가 가득 떠올랐고, 살기는 더욱 충천했다. 무지갯빛 광원이 산천을 휘감으며 신비로움을 드러내는 모습과는 정녕 어울리지 않는 모습이었다.

"오는구나. 칠접!"

그 말과 동시에 대지에서 일곱 마리의 형형색색의 거대한 나비가 출현했다.

일곱 나비가 무림인들을 쓸어갔다. 검과 도가 온갖 병기가 칠접을 공격한다. 그러나 신비롭게도 칠접은 부서졌다 싶으면 다시 형태를 갖춰 무림인들에게 다시 향했다.

칠접에 관통된 무림인들은 무릎을 꿇고 빛을 토해냈다. 대부분 붉은색이었으나 어떤 것들은 누런빛을 띠기도 했다.

"저것이 바로 토광이니라."

토광하는 자들은 비명을 지르기도 하고 바르르 떨기도 하였으나 단지 그뿐 몸이 상한 것은 아니었다.

무각 대사가 돌아보며 말했다.

"너는 이처럼 온 천하를 평온케 할 수 있겠느냐? 모두 토광에 이르게 할 수 있겠느냐?"

"그리하겠습니다."

도유강은 망설임없이 대답했다.

"이곳은 이제 되었다. 한 가지를 더 보여준 후 네게 마야환신공을 전수하겠다."

무각 대사가 어깨를 짚었고, 도유강은 정경이 휘감기기 전 모든 무림인들이 빛을 토해내는 모습을 볼 수 있었다.

쏴아아아!

어느새 도유강은 잘 정돈된 가옥의 방에 서 있었다.

방 안에서 갓난아이가 혼자 울고 있었다.

어리둥절해 있을 때, 무각 대사가 말했다.

"너는 세상에서 가장 더러운 것이 무엇이라 생각하느냐?"

"인분이 아닐는지요."

"인분이라… 너는 그걸 똥이라고 말하는 것조차 꺼려하는구나. 자, 그럼 보아라."

곧 문이 열리더니 여인이 방 안으로 들어와 아기의 기저귀를 갈아주었다. 기저귀에 똥이 한가득이어서 냄새가 자욱했지만 여인은 환히 웃고 있었다. 여인은 또한 두 사람이 곁에 있는 것을 전혀 알아차리지 못했다.

"여인이 똥을 보고 웃고 있구나. 너는 무엇을 보았느냐?"

"같은 사물이라 할지라도 보는 자의 마음에 따라 더러운 것이 될 수도 있고, 기쁨이 될 수도 있습니다."

"네 말이 맞다. 그 마음을 잊지 말아야 한다. 그러나 한걸음 더 나아가자. 그럼 아이의 똥은 똥이 아닌 것이냐?"

"그건 아닙니다."

"맞다. 똥이지만 또 똥이 아니다. 바뀌지 않지만 또 바뀐다. 이것이 생각의 근원이고, 마야환신공의 요체다. 네가 마음속에 받아들이는 모든 것이 네게 현실성을 갖는다. 네가 그것을 받아들였다는 것이, 그것을 현실적인 것으로 만드는 것이다. 네 마음을 해방시켜야 한다. 그러면 해방된 세계를 보게 될 것이다. 이것이 바로 모두가 평온해지는 비결이다."

도유강은 눈앞에서 여전히 환하게 웃고 있는 여인을 보고 깨달음을 얻었다.

노인의 말이 이어졌다.

"진실은 그냥 있는 것이다. 그것은 상실될 수도, 추구되거나 발견될 수도 없이 그저 존재한다. 진실은 네가 어디 있든 거기에, 너의 내부에 존재한다. 그러면서도 그것은 인식될 수도 있고 인식되지 않을 수도 있다. 다만 있는 그대로의 것으로 존재하여 진실은 진실이 아닌 모든 것으로부터 너를 해방시킬 것이다. 너는 아직까지는 온갖 둘레에 갇혀 있다."

"네, 저는 여전히 두렵고, 불안합니다."

그것이 사실이었기에 도유강은 인정했다.

"위협할 수 있는 것은 환상들 이외에는 아무것도 없다. 너는 실재(實在)하느냐?"

"물론입니다."

"실재하는 것은 아무것도 위협받을 수 없다. 비실재적인 것은 또한 존재하지 않지. 단지 그뿐이다. 내가 한 말을 명심하여라. 그 깨달음의 고하에 따라 마야환신공이 어떤 위력으로 드러날지 결정되기 때문이다. 자, 이제 돌아가자."

빛의 구슬이었다.
다시 석실로 돌아왔을 때, 무각 대사는 한동안 합창을 하였고, 어느새 그의 손에는 찬란한 광채로 빛나는 구슬이 놓여 있었다.
"정좌하거라. 네가 알고 있는 그 무엇으로도 운기하지 말거라. 마음을 그저 내려놓아라. 너의 근심, 불안, 두려움을 내려놓으면 심령과 심령으로 마야환신공은 네게 유전될 것이다."
도유강은 이내 마음을 놓으려 하였으나 잘 되지 않았다. 마음이 어지러울 때면 능운무상공을 통해 이루었기에 그저 놓아둠이 쉽지 않았다. 그때 불쑥 가옥에서 들려준 무각 대사의 말이 떠올랐다.

"진실은 네가 어디 있든 거기에, 너의 내부에 존재한다. 그러면서도 그것은 인식될 수도 있고 인식되지 않을 수도 있다. 다만 있는 그대로의 것으로 존재하여 진실은 진실이 아닌 모든 것으로부터 너를 해방시킬 것이다."

그 목소리가 마음에 뿌리를 내렸다.

그제야 도유강은 불안이 사라지는 것을 느낄 수 있었다. 미약하게 정수리에 감촉이 전해졌다. 그걸 느끼는 순간, 맑은 기운과 함께 구결이 일제히 쏟아지듯 머리에 각인되기 시작했다.

시간이 지남에 따라 만야환신공의 신비로운 절기들이 마음에 자리 잡았다.

곁가지들을 제외한 절기는 총 여섯이었다.

천지파력(天地破力)! 무지개 빛깔의 광원!

칠접(七蝶)! 일곱 나비!

이비(二飛)! 두 백광으로 빛나는 인영!

만유취생(萬有取生)! 천지의 기운!

낙화분령(洛花糞靈)! 천지에 흩날리는 꽃가루!

회광구명(回光求命)! 현란한 빛의 테두리!

마지막은 이 모든 것으로 빚어지는 결말, 토광이었다.

시간이 얼마나 지났을까?

도유강은 아련히 눈을 떴다.

무각 대사가 염화미소로 눈앞에 앉아 있었다.

"이제 이별의 순간이구나. 마지막으로 네게 들려줄 말이 있다. 오늘 네게 전한 마야환신공은 온전한 형태이나 내가 강호를 활보할 때는 미진하였다. 깨달음 또한 부족하여 과거의 나는 단지 마도를 무력화시키고자 노력하였을 뿐이지. 숱한 마인들이 나를 중오했다. 그러다 문득 나는 마도와 정도의 경계 속에 내가 있음을 깨달았고, 이곳 참회동에서 남은 여생을 보내며 진정한 마야환신공의 요체에 이를 수 있었다. 그러나 그때는 이미 나의 때가 다 되고 말았음도 알 수 있었다. 네게 이 말을 함은 마도와 정도의 경계를 넘어 모두를 토광으로 이끌어 피의 강호를 끝내길 바람이기 때문이다."

"명심하겠습니다."

"나는 너와 사제의 연을 맺지 않았으나 그보다 더한 운명의 끈으로 엮인 터. 먼 곳에서 너를 지켜보며 미소 지을 수 있도록 최선을 다하거라."

"저의 바람이기도 합니다."

그 대답이 끝나는 순간, 무각 대사가 빛의 가루가 되어 사라졌다.

第九章
사상 최악의 마공

전전
공공
마교교주

무각 대사는 먼 길을 떠났다.
그러나 그는 위대한 유산을 남겼다.
분쟁의 끝!
정과 마의 경계를 파괴!
무림의 종말!
도유강은 우주적 사명감을 느꼈다. 망설일 이유는 없었다.
구결에 따라 신공을 일으켰다.
"회광구명!"
파파팟!
발밑에서 무지갯빛이 영롱히 피어났다.

이윽고 빛은 서서히 다리를 회오리처럼 휘감고, 허리를 따라 오르더니 이윽고 머리까지 전신을 휘감는다.

도유강은 크게 숨을 들이켰다.

힘이 넘쳐난다. 무엇이든 할 수 있다는 미증유의 힘이 느껴진다.

'이곳이 소림인 것이 운명처럼 느껴지는구나.'

옹색한 비밀 통로를 통해 들어올 때만 해도 소림이란 사실에 절망하였으나 지금은 환희와 기대가 부푼다.

무림의 태산북두로 불리는 소림이다.

존재의 이유는 무림을 지우는 일. 시작이 반이라 하였으니 태산북두부터 하나씩 무림이라는 이름에 갇힌 자들을 해방시켜야 했다.

풍천은?

더 이상 의미가 없다.

마교도, 명문정파도 굳이 가를 필요가 없어졌다. 그저 차례대로 토광으로 이끌면 그만이었다.

석문으로 다가가 살짝 당겼다.

힘을 들이지 않았음에도 무거운 석문이 가볍게 열렸다.

"풍천, 너는 아직 거기 있느냐?"

"주군, 풍천이 여기 있……. 흡!"

풍천이 뒤로 신형을 용수철처럼 튕기며 물러났다.

하지만 참회동 안은 매우 협소해 뒤쪽 벽에 등을 기대었을 뿐이었다.

도유강은 희미하게 웃었다.

전신을 두르는 광채만으로도 두려움에 휩싸인 것이다. 풍천은 경세무적의 고수! 그만큼 무공을 상실한다는 두려움이 본능을 자극한 것이리라.

"놀란 모양이구나. 이제 나는 온전히 자유의 몸이 되었다. 모든 것으로부터."

"주, 주군! 도대체 어떻게 되신 겁니까?"

풍천은 완전히 겁에 질려 있었다.

아니다. 이제 풍천의 표정은 다 읽을 수 있다. 혐오스러워하고 있다. 무공을 신처럼 여기는 풍천이니 주군이 무공을 지울 자가 되어 나타났으니 혐오스러울 것이다.

"풍천! 우선 너부터 시작하겠다. 칠접!"

그 순간 눈앞에 찬란한 광채가 구슬처럼 떠오르더니 점점 커지고, 이어 노랗고, 붉은 형형색색의 일곱 나비가 형상을 갖추어 팔랑팔랑거렸다.

"칠접은 가라! 토광을 일으켜라!"

풍천이 기겁해 검을 빼 들고, 일격에 붉은 나비 한 마리를 베었다.

나비는 이내 빛의 가루가 되었다. 그러나 그것도 잠시 부서진 나비는 처음과 같이 이내 형상을 갖췄다.

"주군! 정신을 차리십시오!"

풍천이 악을 썼다.

"네가 이젠 발악을 하는구나. 수하 주제에 주군에게 고함을 치다니. 무공을 상실한다는 두려움이 그리 크더냐. 이 아름다운 나비를 보아라. 이처럼 너도 토광하고 나면 세상이 달리 보일 것이다. 온전한 평온으로 함께 가자."

말과 함께 도유강은 칠접을 모조리 풍천에게 보냈다.

풍천이 검강을 일으켜 칠접을 연거푸 흐트렸다.

하지만 칠접은 부숴지기 무섭게 형태를 갖추었고, 풍천은 답지 않게 당혹한 기색을 있는 대로 드러냈다.

"우읍!"

급기야 풍천이 손으로 입을 틀어막았다.

"하하하하! 토광이로구나. 붉고 선명하게 빛나는구나."

도유강은 맑게 웃었다.

풍천이 손으로 틀어막긴 하였지만 손가락 틈 사이로 붉은 빛이 새어 나왔다.

"풍천! 너의 분노는 어디에서 기인하느냐! 두려움과 공포의 무게만큼 분노가 이는 것을 아직도 모르겠느냐!"

"주군, 그게 아니……."

풍천은 변명을 하려 했지만 칠접이 날아들자 말을 맺지 못하고 신형을 위로 솟구쳤다.

스슥!

쾅!

일격에 참회동의 두터운 철판을 뚫고 이내 사라져 버렸다.

도유강도 바로 신형을 솟구쳐 땅에 내려섰다.

"흠, 숭산 위쪽인가 보군."

밖은 숲이었다.

안력을 돋워 사방을 둘러봤지만 풍천은 보이지 않았다.

결국 그 충성의 한계도 여기까지였다.

무공을 잃으면서까지 충성할 수는 없었을 터.

하지만 시간과 차례의 문제일 뿐 풍천도 같은 결말을 맞이할 것이 불을 보듯 뻔한 일이었다.

칠접이 주변을 팔랑대며 맴돌았다.

참회동의 한정된 공간에서 외부로 나와서인지 칠접은 이제 선학신군의 백학처럼 거대화되어 있었다. 날개를 팔랑이니 형형색색의 빛가루가 퍼져 나왔다.

도유강은 나무 위로 거슬러 올라 꼭대기에 올라섰다.

낭창낭창하고 가느다란 가지를 가볍게 딛고 방위를 살폈다.

현재 위치는 숭산의 위쪽이었다.

저만치 아래 소림의 여러 전각들이 보였다.

승려들의 모습에 이어 더 아래쪽으로는 불공을 드리기 위해 소림을 찾은 향화객들의 모습도 눈에 들어왔다.

다시 시선을 틀었다.

비어 있는 큰 터에 소림 무승들이 무공을 연마하고 있다.

"쯧쯧쯧… 어찌 불가에 귀의한 자들이 무공이란 말인가! 내 너희들에게 토광의 기쁨을 맛보여주리라."

즉시 마야환신공의 천지파력을 펼쳤다.

파앙!

무지갯빛 광원이 잔잔한 호수에 파문이 일듯 둥그렇게 퍼져 갔다. 점점 더 확장되어 가며 소림 전역이 무지갯빛 테두리에 갇혔다.

파앙! 파앙!

연달아 천지파력을 펼쳐 광원을 퍼뜨렸다.

세 번에 걸친 천지파력으로 이제 소림 전역은 빛나는 무지개 구름, 무지갯빛 연무가 옅게 흐를 정도가 되었다.

도유강은 만족스럽게 고개를 끄덕였다.

자신이 펼쳐 냈지만 아름다운 건 아름다운 것이다.

훗날 소림은 영광으로 여기리라. 천지파력을 제일 먼저 맛본 곳으로 이름을 떨칠 수가 있을 것이다.

도유강이 연무장을 쏘아보며 일성을 터뜨렸다.

"소림은 들으라!"

장대한 내력을 실어 외친 탓에 무지갯빛 연무가 출렁였다.

"내가 너희에게!"

출렁!

"참회가 무엇인지 가르쳐 주겠노라!"

회광구명에 휩싸인 도유강은 그야말로 찬란한 빛 덩어리

가 되어 연무장으로 날아갔다.

*　　　*　　　*

벌컥!
모옥에 좌정하고 있던 경천신군이 급히 문을 열었다.
그러다 이내 인상을 찌푸리고 입과 코를 틀어막았다. 어마어마한 악취였다.
"우웁!"
구토가 일어나려는 것을 억지로 참아냈다. 위장이 순식간에 썩어버리는 것 같았다.
모옥은 흐릿한 검은 안개로 뒤덮였다.
아니, 모옥뿐이 아니다. 숭산 전체를 검은 안개가 흐느적거리며 흐르고 있었다.
자세히 보니 안개는 마치 곰팡이가 떠다니는 것처럼 보였고, 시궁창의 시커먼 부유물이 연기가 된 것도 같았다.
또 안개는 중원의 모든 시궁창이 한곳에 모인 것처럼 지독한 악취를 풍겨냈다. 일백 년이 넘는 세월을 살았지만 이런 악취는 처음이었다. 게다가 여긴 불문의 성지인 소림이 아니던가!
"이게 도대체……."
그때였다.

한 목소리가 소림 전역에 울려 퍼졌다.

"소림은 들으라. 내가 너희에게 참회가 무엇인지 가르쳐 주리라!"

내력이 충만하여 안개마저 출렁일 정도였다.

경천신군은 한 다리만으로 신형을 날려 소리를 쫓았다.

비록 한쪽 다리만 남아 과거 무위를 다 발휘할 수 없었지만 그는 한 다리만으로도 절정고수들보다 신속히 움직일 수 있었다.

목소리는 한곳에 머물지 않고 빠르게 이동했다.

"토광하라!"

"소림은 불문의 참된 길을 걸으라!"

"감히 대적하는 것이냐! 당장 토광하라!"

"무림이 무엇이냐! 그건은 애초에 존재하지 않았다. 소림이 먼저 토광하여 구대문파의 본보기가 되어라!"

연신 쏟아지는 말들은 도저히 이해할 수 없는데다 광오하기까지 했다.

이자는 괴인이요, 광인이었다. 서둘러야 했다.

그렇게 바람처럼 내달리던 경천신군은 한순간 우뚝 멈춰섰다.

"사대금강!"

몇 번을 봐도 사대금강이 틀림없었다.

그러나 도저히 가까이 갈 수는 없었다.

그들은 바닥을 기며 우웩, 거리며 토악질을 해대고 있었다.
 온몸이 새까맣게 뒤덮였는데, 시궁창을 연상케 하는 곰팡이들로 범벅이 되어 있었다.
 소매를 휘둘러 곰팡이들을 날렸다. 그러나 어떻게 된 일인지 곰팡이들은 흩어졌다가 다시금 사대금강의 몸에 달라붙었다. 마치 살아 있는 듯했다. 그렇게 몇 번을 해도 마찬가지인지라 경천신군은 더 머뭇거릴 수 없었다.
 "서둘러야겠군."
 경천신군은 검은 안개가 더욱 짙어졌기에 소매를 찢어 복면을 하듯 코와 입을 가렸다.
 신형을 날리는 중에 여기저기 소림 무승들이 바닥을 기면서 발버둥치는 모습이 보였다.
 그들도 하나같이 사대금강과 마찬가지로 토악질을 해대고 있었고, 어떤 이는 가려움을 참지 못하고 살에서 피가 나도록 긁어대는 중이었다.
 잠시 후 경천신군은 음성의 진원지에 도착했다.
 그곳은 흑암 자체였고, 흑암 주위를 소림의 백팔나한이 진을 형성하여 둘러싸고 있었다.
 경천신군이 등장하자, 근심에 찬 얼굴로 소림방장 불령 대사가 맞이했다.
 "경천신군, 오셨습니까?"
 그 주위로 소림 장로들과 항마척결대의 검왕을 위시한 뭇 고수들이 보였다. 그들도 임시로 복면을 만들어 입을 가린 채였다.

이 부근은 지나쳐 온 길보다 더욱 피해가 심했다.

위에서는 드문드문하게 보였던 날파리들과 벌레, 구더기들까지 검은 안개에 뒤섞여 휘감기고 있었다. 이미 주변의 몇 사람은 도저히 두 눈을 똑바로 뜨고 볼 수조차 없을 지경이었다.

"이게 대체 어떻게 된 일인가?"

"아직 파악을 다 못했습니다. 상황은 순식간에 벌어졌으니까요. 소림 전역에 검은 곰팡이와 날파리, 구더기들이 일제히 쏟아져 나왔고, 현재 끊임없이 외치고 있는 괴인을 백팔나한진으로 가둔 상태입니다. 이자는 이십대 초반 정도의 사내로 현재까지는 이 괴인이 모든 것의 진원이란 생각입니다."

"소림은 그렇다 쳐도 항마척결대에는 강호 경험이 풍부한 이들이 많거늘 그들도 괴인을 알아보지 못하였단 말인가!"

"어느 누구도 아는 사람이 없었습니다."

불령 대사는 날파리 떼가 얼굴로 날아들자 장력을 날리며 대답했다.

"현재 피해 상황은 어떤가?"

"이곳에 모인 이들 외엔 장담할 수 없습니다. 백팔나한을 제외한 무승들은 향화객을 대피시키도록 조치하였으나 곧바로 이어진 보고에는 이미 비명을 지르며 토악질을 멈추지 않는다고 하니 여기에서 어떻게든 끝을 맺어야 합니다."

"또 다른 괴인이 없길 바라야겠군. 자, 다들 모이게."

검왕과 관산선생, 귀문방주, 청성의 뇌진자, 천문파 장문인 등이 원을 그려 모이고, 나머지 항마척결대의 고수들이 그 주위를 둘러싸 한차례씩 달려드는 검은 안개들을 물리쳤다.

"백팔나한진의 형세로 보아 지키는 것은 가능하나 괴인을 멸하기는 어려울 것 같군. 이는 단순히 괴인이 곰팡이와 날파리, 벌레, 구더기를 부리는 것에서 그치지 않고, 마기를 두르기 때문이네. 당장 백팔나한진을 거두고……."

경천신군은 말을 맺지 못했다.

"칠접은 날아올라라! 무림을 소멸하라! 토광시켜라!"

백팔나한진에 갇힌 짙은 어둠에서 웅장한 음성이 터져 나오며 경천신군의 음성을 집어삼켰다.

또한 말에서 그치지 않고, 흑암 속에서 거대한 일곱 형체가 빠져나왔다. 그것은 나비 형태를 띠고 있었다.

"저런 말도 안 되는 일이… 우왝!"

천문파의 장문인이 불령 대사의 얼굴에 토악질을 했다.

순식간에 불령 대사가 우장을 들어 올리자, 토사물은 고스란히 천문파 장문인의 얼굴로 좌악 하고 돌아갔다.

그사이 모두는 나비를 주시했다.

거대한 나비라고 생각했으나 그건 착각이었다.

형태만 비슷할 뿐, 그것들은 날파리와 구더기, 곰팡이들이 떼지어 나비 모양을 하고 있을 뿐이었다.

일곱 나비 중 둘은 곰팡이였고, 셋은 구더기, 또 둘은 날파리였다. 그럼에도 그것들이 날고 있다는 것은 괴기스럽기 이를 데 없었다.

다섯의 추악한 나비들이 과연 날개라도 해도 좋을지 모를 것을 펄럭거리며 백팔나한을 쓸어갔다. 이내 굳건하기 이를 데 없던 백팔나한진에 균열이 일었다.

"크아아악!"

"으아악!"

"내 눈, 눈에 날파리가……."

나한들이 연달아 바닥을 구르며 비명을 내질렀다.

나머지 두 나비는 항마척결대 쪽으로 날아들었는데 구더기가 한데 뭉친 나비들이었다.

청해육협과 귀문방의 십위가 신형을 날리며 맞섰다.

촤라락!

나비가 청해육협과 십위의 몸에 부딪치더니 완전히 에워쌌다. 청해육협과 십위는 이제 마치 구더기 옷을 새로 맞춰 입은 것마냥 머리부터 발끝까지 구더기에 싸여 바닥을 구르기 시작했다.

다급히 소림 십팔나한과 여러 무승들이 달려들어 털어내

려고 했지만 털어내는 즉시 웃이 되고, 또 웃이 되길 반복했다.
 이제 백팔나한은 붕괴 직전이었다.
 "준비들 하게!"
 경천신군의 말에 따라 항마척결대의 고수들이 안광을 빛냈다.
 파앙!
 굉음이 일며 어둠의 기운이 밖으로 팽창되었다.
 검은 안개가 항마척결대를 뒤덮었고, 모두가 기를 발출해 밀려드는 안개를 밀어냈다.
 이제 흐릿해진 안개 사이로 한 청년이 드러났다.
 두 눈에 검은 눈동자가 사라지고, 흰자위만 가득했다.
 청년이 우렁찬 목소리로 외쳤다.
 "들어라! 모든 환상은 너희에게서 앎을 빼앗아간다. 환상은 진실을 가리고 있는 휘장일 뿐. 환상으로부터 자유는 오직 그 환상들을 믿지 않는 데에 있다. 자, 이제 백팔나한이 토광으로 자유를 얻었다. 그다음은 누가 토광할 것이냐!"
 경천신군이 큰 소리로 말했다.
 "더 이상 두고 볼 수 없군. 괴이하긴 하나 어차피 이도 무공의 일종. 일제히 공격하여 목숨을 취하면 그만이다!"
 "하하하하! 무림의 태산북두라는 것이냐!"
 경천신군이 신형을 날리고, 그 뒤를 불령 대사와 소림의 장로들, 그리고 검왕을 비롯한 항마척결대의 고수들이 짓쳐들었다.

청년, 아니, 도유강이 크게 외쳤다.

"만유취생!"

그 순간 바다의 해일이 솟구쳐 오르듯 어마어마한 높이로 구더기 떼가 경천신군을 위시한 항마척결대를 덮쳤다.

경천신군이 외발로 구더기 해일을 피하려고 솟구쳤다.

그때 칠접이 어느새 팔랑거리며 날아들어 앞을 가렸다.

그리고,

촤아악!

높이 솟은 해일이 부서지듯 구더기 떼들이 차르르 부서지면서 경천신군과 항마척결대는 완전히 구더기 떼에 덮였다.

파앙!

경천신군을 위시한 고수들이 호신강기를 뿜어냈다.

구더기들이 액체로 변해 터져 바닥이 한순간에 흥건해졌다.

그들은 절정의 고수들답게 의복은 여전히 깨끗하기만 했다.

그러나,

"우웩!"

경천신군이 결국 참지 못하고 토악질을 했고, 이어 모두가 이 참혹한 상황에 굴복해 토악질을 해댔다.

바로 도유강이 맑은 웃음을 터뜨렸다.
"하하하하! 결국 너희마저 토광하였구나! 이제 되었느니라. 너희는 온전히 자유다!"
도유강이 소림 전역을 돌아봤다.
소림은 그 어느 때보다 휘황찬란하게 빛을 내고 있었다.
유사 이래 소림이 이리도 아름다운 적은 없었을 터였다.

풍천은 전각의 모퉁이에서 그 모든 광경을 지켜봤다.
주군과 함께한 이래 최초로 숨었다.
"주군… 나의 주군께서… 우웩!"
풍천은 주군을 바라보며, 도유강이 보았다면 좋아했을 토악질을 했다. 하지만 이내 자신이 감히 주군을 보며 토악질을 하고 만 사실에 깜짝 놀라 스스로의 뺨을 후려갈겼다.
'무엄하다!'
짜악!
정신이 번쩍 들었다.
다시 안력을 돋워 주군과 일전을 벌이는 자들을 바라봤다.
그들은 이제 궤멸 직전이었다.
만유취생으로 구더기의 해일이 일고 일제히 토악질을 했지만 곧 주군을 대적하며 달려들었다.
바로 그때 주군이 '이비'와 '낙화분령'을 외치지 않았다면, 풍천은 뛰쳐나갔을 터였다.

이비는 칠접이 하나로 연합하여 하늘마저 가릴 정도로 거대한 나비 형상이 되었고, 천위칠군의 수좌인 경천신군과 맞섰다.

그 순간 풍천은 숨은 것과 마찬가지로 단 한 번도 해보지 않았던 짓을 자신이 하고 있음을 깨달았다.

이를 악문 것이다.

버러지만도 못한 천위칠군이라고 생각하지만 실제 천위칠군이 버러지들과 싸우는 모습을 보니 몸이 부들부들 떨렸다. 저러느니 차라리 죽고 말겠다 싶은데 경천신군은 혼신의 힘을 다해 장력을 내쏟고 있었다.

기회를 봐서 경천신군을 죽이려 했던 생각이 온데간데없이 사라져 버렸다. 살심이 사라진 일도 처음 있는 일이었다.

한편 소림 방장 불령은 어디론가 다급히 달려가고 있었으나 풍천은 바로 주군에게로 시선을 돌렸다.

부들부들…….

풍천은 바로 몸서리쳤다.

태어나서 이런 몸서리는 처음이었다.

천위칠군을 위시한 자들의 형편은 참혹했지만 주군은 더하면 더했지 못하지 않았다. 단지 특이한 점이라면 날파리들이 다리부터 머리까지 회오리처럼 맴돌고 있다는 것과 늘 청결하기 그지없던 분이었음에도 벌레들이 얼굴이며 목을 기어

다녀도 전혀 개의치 않고 있다는 점이었다.
 불쑥 아수라천마님의 말씀이 다시 떠올랐다.

 "너는 반드시 내 아들이 환령신공을 취하도록 해야 할 것이다. 결단코 소림 참회동으로 가는 일은 없어야 한다. 왜냐하면 무각은 광승(狂僧)이요, 그가 남긴 것은 '사상 최악의 마공'이기 때문이다."

 "절대 안배에 필요한 것은 '사상 최악의 마공'의 오의(悟意)이지, 마공 그 자체가 아니다."

 "세상은 지옥을 보게 된다."

 '지존이시여!'
 풍천은 다시 한 번 아수라천마님의 말씀의 중함을 다시 재인식했다. 어쩌면 인피면구를 준비케 하심도 다 오늘의 일을 짐작하신 것만 같았다.
 이보다 다행스런 일이 없었다.
 소림을 떠나시는 순간 인피면구을 벗는다면 세상 누구도 알아보지 못할 테니까. 아니, 무슨 일이 있어도 몰라야 한다. 이 일은 영원히 묻어둬야 한다.
 바로 그때였다.

사상 최악의 마공

"풍천! 너는 어디에 있느냐! 네가 토광한 것을 알고 있다. 감히 주군의 부름을 거부할 생각이더냐! 풍천! 풍천! 당장 나와라! 이놈, 풍천!"

"흡!"

풍천이 흠칫 몸을 떨었다.

'인피면구……. 정체가…….'

풍천은 전각의 모퉁이에서 내밀었던 고개를 스윽 집어넣었다.

소림은 궤멸 상태였다.

숭산 전역에 부패한 검은 안개가 뒤덮고, 안개의 악취에 사람들의 토악질의 악취가 더해져 더 이상 불문의 성지라고 부를 수 없게 되고 말았다.

간밤에 흉한 꿈을 꾸고 부처님께 빌어보고자 왔던 향화객들은 그야말로 천벌을 받듯 곰팡이와 날파리, 구더기 속에서 비명을 내지르며 토악질을 해댔다.

그 향화객 중 한 명!

와선을 만나기 위해, 와선을 통해 도유강의 행방을 탐문하려던 전광동자는 이미 절반쯤은 미쳐 버린 상태였다.

그는 무엇보다 와선을 찾는 것이 최우선 임무였지만 이 참혹한 사태에 와선은 우선 뒷전으로 밀어두었다.

명실공히 정파 무림의 구심점인 소림이다.

그 소림을 단숨에 광란에 빠뜨린 자라면 훗날을 위해서라도 반드시 알아둘 필요가 있었다.

그렇게 바라본 괴인은 처음 보는 자였다.

연신 무림을 지워버리겠노라, 토광하라를 외치는 자는 마인이었고, 청년이었으며, 또 분명히 처음 보는 자였다.

마교에 숱한 마인들이 괴기스러움을 보이긴 하나 이 청년과 같이 세상의 온갖 추악한 것들을 기파로 작동시키는 자는 없었다.

아니, 그런 자가 있다면 어지간한 마공에는 눈도 깜짝하지 않는 마교에서조차 총력을 기울여 살해하고 말았으리라.

그 뒤로 청년의 주위에선 놀라운 일들이 연이어 벌어졌다.

절대 무위의 백팔나한진의 붕괴!

천위칠군의 수좌가 분명해 보이는 외발의 경천신군이 홀연히 등장하였다가 이비(二飛)라 외치는 소리에 연합해 버린 거대 나비와 맞서 싸웠다.

한편 날파리와 대적하고 있던 소림방장 불령 대사는 고래고래 소리를 지르며 달려가는데 그 대상이 어이없게도 소림의 장로 급으로 보이는 노승이었고, 그 노승이란 자는 이 사태에 깊은 깨달음을 얻었는지 색즉시공(色卽是空), 공즉시색(空卽是色)을 떠들어대면서 구더기 더미 위에 가부좌를 틀고 몸에서는 '대오각성' 한 자 특유의 광채를 뿜어내며 해탈 직전이었다.

방장 불령 대사는 바로 그 노승을 향해 '그러면 안 돼!'를 외치며 노승에게 달려들었는데 '그러면 안 돼! 그래선 안 돼! 이런 걸로 대오각성하면 안돼! 소림의 역사가!'를 피를 토하듯 외쳤다.

불령 대사는 노승의 바로 앞에서 장로들에게 붙들렸고, 장로들은 '방장, 대오각성에 어떤 방편이든 상관있겠소'라며 뜯어말리자, 불령 대사는 금강장을 펼쳐 장로들을 떨쳐 내며 '사악한 마인의 술수에 대오각성이라니!'라며 다시 노승을 향해 달려들었다.

전광동자는 자신이 비록 마교 교도의 신분이었지만 십분 불령 대사의 마음이 이해가 된 나머지 노승을 향해 '이딴 걸로 대오각성하지 마'라고 소리치고 싶은 욕구에 시달릴 지경이었다.

그렇게 소림의 노승이 결국엔 대오각성하여 찬란한 광채를 발하고, 불령 대사가 부르짖고, 장로들이 나무관세음보살을 외며 합장했다.

전광동자가 그런 혼란에 치를 떨며 이쯤에서 와선을 찾아 소교주의 행방을 탐문해야겠다고 생각할 때였다.

이 모든 소란마저 잊게 할, 머리를 통째로 날려 버릴 만한 외침이 터져 나왔다.

"풍천!"

"커억!"

전광동자의 머리가 아득해질 때, 외침이 이어졌다.
"너는 어디에 있느냐! 네가 토광한 것을 알고 있다. 감히 주군의 부름을 거부할 생각이더냐! 풍천! 풍천! 당장 나와라! 이놈 풍천!"
전광동자는 머리가 하얗게 불타 버렸다.
"서, 설마…… 소교주! 이런 말도 안 되는 일이……."
설마가 아니란 것은 누구보다 전광동자가 잘 알고 있었다. 이 세상에서 풍천을 향해 이놈 저놈 할 사람은 소교주뿐이었고, 풍천의 주군은 천하에 단 한 명뿐인 것이다.
"인피면구였단 말인가!"
놀라 자신도 모르게 외치던 전광동자는 바로 이를 악물었다.
'도대체 이럴 거면 왜 인피면구를…….'

도유강은 소림 전역을 빙 둘러봤다.
무지갯빛은 더욱더 짙어졌고, 소림은 향기로 가득 찼다.
깊이 숨을 들이마셨다.
향긋한 내음에 온몸이 맑아져 온다.
소림은 모두 토광하였다.
이제 소림을 떠나야 할 때였다.
작별을 고하리라.
도유강은 내공을 실어 크게 외쳤다.

"소림은 들으라! 이후로 무림에 발을 들여놓지 말라! 토광을 하였음에도 다시 무공에 연연한다면 그땐 다시금 천지파력의 무지갯빛 광채를 보게 될 것이다. 소림, 너희는 이제 온전히 자유다. 자, 이젠 무당이다!"

그 외침에 풍천이 숨어 있다가 흠칫 놀라 '주군, 이제 무당인 겁니까?' 라며 중얼거렸다.

전광동자도 사정이 다르지 않아 '설마 이대로 구대문파를 쓸어버릴 작정인가! 이건 아니야! 이런 식으로 천하제패는 안 돼! 아수라천마님, 이건 아니잖습니까!' 라며 머리가 어떻게 돼버릴 것 같았다.

그런 걸 알 리 없는 도유강이 다시 외쳤다.

"풍천! 당장 나와라! 이제 무당으로 가자! 당장 안내해라! 도대체 무당이 어디에 붙어 있는 거냐! 풍천! 이놈~"

그 외침에 하필 이날 소림사를 방문하여 미친 듯이 날파리 떼를 쫓고 있던 무당파 제자 청진이 '이대론 무당은 멸문하고 만다!' 를 외치며 몸을 빼냈다.

도유강은 신형을 날리며 주위를 형형색색으로 맴도는 칠접을 향해 나직이 한마디를 건넸다.

"칠접! 수고했다. 너희는 빛을 발하며 계속 나를 따르라!"

칠접이 기뻐하며 더욱 팔랑거렸다.

스스스슥!

그렇게 바람처럼 소림 산문으로 향하던 도유강은 문득 걸음을 멈췄다.

주위를 맴돌던 칠접에 변화가 일어났기 때문이었다.

거둬들이지도 않았거늘 칠접이 한 마리씩 빛의 가루가 되어 사라져 갔다.

"응?"

칠접은 산문에 이르자 이제 온데간데없이 사라져 버렸다.

그뿐이 아니었다. 전신을 회오리처럼 감싸고 있던 무지갯빛도 점점 사라져 가고 있었다.

"괴이하군."

도유강이 고개를 갸웃했다.

그 빛이 팟, 하고 사라진 순간 도유강은 급격히 손을 들어 입과 코를 틀어막았다.

"쿠웩!"

미칠 듯한 악취였다. 뇌가 마비될 정도로 지독했고, 사는 날 동안 단 한 번도 맡아보지 못한 냄새였다.

"으억! 이게 뭐야!"

손으로 입을 막던 도유강이 본 것은 손등 위로 시커먼 곰팡이들과 몇 마리의 구더기였다. 그뿐 아니라 옷에도 온통 구더기에 죽은 날파리들이 붙어 있었다.

"으아아악! 이게 어떻게 된 거야! 나는 분명 마야환신공을 펼쳤거늘 이 아름다운 세상이 어찌 이럴 수 있단 말인가!"

정신없이 옷을 털어내고, 목을 훑어낼 때였다.

신형 하나가 휙, 하더니 약간 떨어진 곳에 부복했다.

"주군, 일단 자리를 옮기시지요."

"그래야겠다. 이게 도대체 어떻게 된 일이냐! 너란 놈은 멀쩡한데 내가 왜 이 모양이 된 거냐! 넌 그동안 어디서 뭘 했기에! 당장 폭포로 안내해라!"

"존명!"

풍천이 번개처럼 앞장서고, 도유강이 그 뒤를 따랐다.

그러나 소림의 누구도 그 뒤를 따르는 자는 없었다.

第十章
새로운 각성

전전
긍긍
마교교주

촤촤촤촤!

폭포 아래에서 물벼락이 쏟아지고 그 아래에서 고함이 터져 나왔다.

"으아아악! 이건 아니야! 이건 아니야! 이래선 안 되는 거잖아! 아버지! 이건 아니잖아요! 사랑한다면서 이러면 안 되는 거잖아요!"

도유강은 모조리 기억나 버렸고, 또한 너무나 선명해서 소림에서 무슨 말을 했는지, 어떤 추악한 짓을 했는지, 그것이 얼마나 사람이 할 짓이 아닌지까지 알게 되었다.

그래서 폭포로 뛰어들어 제일 먼저 한 일은 인피면구를 찢어발기는 것이었다. 인피면구를 쓰고 있었던 것이 다행이란 생각이 듦과 동시에 혹시 아버지가 이미 이런 지경까지 계산해 놓고 준비하셨지 않나 하는 핏줄에 대한 의구심이었다.

"토광하라!"

게다가 이 말은 치명적이어서 도유강은 이 말이 떠오를 때마다 정말 죽고 싶었다. 그 말을 소림에서 얼마나 많이 떠들었던가.
"으아아아악!"
폭포아래 좌정한 지도 두 시진째.
도대체가 개운치 않다. 소림 산문에서부터 미친 듯이 신형을 날리며 무심코 뱉어낸 침에 구더기와 날파리가 튀어나왔고, 그 순간 풍천은 흠칫 몸을 떨었으며 혐오스러운 표정을 급히 감추었다.
무심하기 짝이 없는, 감정없이 흑룡방을 몰살시킨 풍천이 흠칫한 순간, 도유강은 진심으로 이대로 죽을까 심각하게 고민했다.
그래서 지금도 수십 번 헹궜음에도 입안을 감도는 이물감은 어떻게 할 도리가 없었다.
결과적으로 무각 대사는 악랄한 마인이었고, 마야환신공은 마공도 뭣도 아니었으며, 토광하라는 그저 격렬한 구토에 불과한 것이었다.
 더 넓게는 화룡과 마야환신공은 둘 다 펼치면 지옥에 빠진 다는 것, 익혀봤자 두 번 다시는 펼치고 싶지 않은 아무짝에 도 쓸모없는 무공에 불과하다는 것을 깨달았을 뿐이었다.
 이것들은 그야말로 쓸데없는 무공들.
 촤촤촤촤!
 쏟아지는 폭포 속에서 이제 원망 대신 불문의 성지를 더럽 힌 과오를 빌고, 어떻게든 '토광하라'를 잊으려 할 때였다.
 끼이이이익!
 "윽!"
 쇠와 쇠의 그 불쾌한 마찰음이 머리를 울렸다.
 간헐적으로 들리며 몸을 오싹하게 하더니 이번에는 더욱 크고 강렬했다.
 끼이이이익!
 '그만, 그만, 제발 멈춰!'
 그 순간 머릿속에서 파삭, 하는 소리가 들렸다. 아니, 들린 것 같다고 해야 할까. 왜 그런 생각이 들었는지 모르지만 머 릿속 어떤 경계를 가로막는 막이 부서졌다는 느낌이 들었다.
 그때였다.

 "나 지주현자는 그대의 각성을 축하하노라. 비로소 지주현공의 숨겨진 공능을 얻게 되었다. 진실은 있는 그대로의 것으로 존재하여 진실이 아닌 모든 것으로부터 해방시킨다. 극단의 고통과 보지 못하는 것을 '보는 자'가 된 자만이 각성에 이를 수 있기 때문이다."

지주비동에서 들었던 지주현자의 음성이었다.
공능이란, 분명 기뻐해야 할 일이다.
지주현자는 화룡과 마야환신공으로 인해 숨겨진 공능을 얻었노라 말한 것이다.

"극단의 고통, 보지 못하는 것을 '보는 자'!"

"닥쳐! 닥치지 못해!"
기뻐할 수 없다. 기뻐해서도 안 된다!
어떤 고생을 했는데, 어떤 추악한 짓을 했는데 숨겨진 공능에 감격할 수 있단 말인가.
지주현자의 음성은 이어지지 않았다.
그 대신 폭풍처럼 수많은 구결과 도형, 온갖 초식의 형태가 뇌를 파고들었다. 이 각인은 거부한다고 어떻게 막을 수 있는 성질의 것이 아니었으며 지주비동에서 경험했던 바로 그러한 형태의 각인이었다.
"후우……."
욱, 하고 분노를 느꼈지만 숨겨진 공능은 뜻밖으로 가볍게 여길 만한 것이 아니었다. 신법인 복영쾌신은 한계를 훌쩍 뛰어넘었고, 지주포룡수와 감각을 극대화하는 지주잠령도 화룡의 각성과 결합하여 마치 새로운 무공처럼 다가왔다.
 그렇게 얼마나 지났을까.
 시간은 꽤 흘러 어느덧 석양이 지고 있었다.
 도유강은 폭포에서 빠져나왔다.
 즉시 풍천이 무릎을 꿇고 의복을 내밀었다. 작은 옥병이 그 위에 살포시 올려져 있었다.
 "이건 무엇이냐?"
 옷을 입으며 물었다.
 "향수입니다."
 "응, 그래 향수라니 좋…….'
 도유강은 굳어버렸다.
 그 즉시 무심코 지나쳤던 말이 떠올랐다.

 "너는 지금 바로 신밀(新密)의 효군산으로 떠나 그곳에서 기다려라. 의복과 향수, 여정에 필요한 것들을 충분히 준비해 놓아야 한다."

 풍천이 만경루에서 무영신투를 쫓아내듯 하며 했던 말.
 "풍천, 네가 날 기만한 것이냐?"
 "주군, 소인은 모르고 있었습니다."

그 말과 함께 풍천이 스스슥, 뒤쪽으로 멀어졌다. 여전히 머리를 조아리고, 무릎을 꿇은 채였다.

"멀어져?"

"주군, 소인은 단지 아수라천마님으로부터 사상 최악의 마공을 익히시게 되면 그 후속조치로……."

"가까이 와라."

스스슥.

풍천이 반대로 조금 더 멀어졌다.

"가까이 오지 못해!"

"주군, 부디……."

도유강은 비로소 깨달았다.

풍천은 떨고 있었다. 마야환신공에 당할 것이 두려운 것이다. 소림에서 뭇 고수들이 구더기와 날파리와 생사대적을 했던 그 모습에 치를 떠는 것이다.

그리고 또 혐오스러워하고 있었다.

향수까지 준비한 놈이니 그 지경으로 망가질 것을 다 알고 있었을 텐데, 화룡도조차 두 팔을 붙잡고 은근히 협박하던 놈이 진심으로 마야환신공은 두려워하면서도 혐오하고 있는 것이다.

구더기하고 싸우기 싫어서!

"하하하하하!"

풍천이 자신을 두려워하는 날이 오길 얼마나 기다렸던가!

도유강이 크게 웃음을 터뜨렸다.

근데 왜 이렇게 서글픈 걸까?

도유강은 거짓말처럼 얼굴을 굳히고 신형을 날려 풍천을 짓밟았다.

"전혀 기쁘지 않아! 너란 놈은 내가 다시 마야환신공을 펼쳤으면 싶은 것이냐! 도대체 그 혐오스러운 표정은 무엇이냐! 이렇게 된 것 오늘 그냥 나랑 함께 죽자!"

격렬한 짓밟음 후 어설픈 평화가 찾아왔다.

스스스슥!

도유강은 한단계 진화한 복영쾌신을 발휘하여 전력으로 질주했다.

풍천은 다음 목적지를 북해 청빙곡이라 했다.

먼 길이다.

다섯 번째 안배는 무슨 일이 있어도 천위칠군에게 빼앗길 수 없었다. 정파와 마도의 갈등이나 그 힘의 역학관계로 바뀌게 될 세상!

그런 것 따윈 아무래도 좋았다.

화룡을 부르면 지옥 불에 떨어지고, 온세상을 아름답게 보려고 하면 온몸이 썩어나간다. 기저귀의 똥 운운할 때부터 알아봤어야 했다.

"그러고 보니 무영신투는 어디로 또 보낸 것이냐?"

문득 떠올라 물었다. 신밀에서 얼핏 본 것도 같은데 경황 중이라 챙겨 묻지 못했다.

"무영신투는 인간 전서매가 되기로 했습니다. 혈편복의 뒤를 밟아 그 사이를 오가며 북해로 향하는 천위칠군 일당의 행적을 보고하게 될 것입니다."

천하제일신투로 이름을 날리던 무영신투가 특기를 살려 이제 전서매가 되었단다. 무영신투의 운명도 모질기 짝이 없었다.

"그게 가능한 것이냐? 혈편복의 경공이 가볍지 않고, 무영신투는 후영을 당한 자이지, 인식하는 자가 아니거늘, 어찌 혈편복을 찾을 수 있단 말이냐?"

"주군, 무영신투는 교활한 도둑놈입니다. 이미 저와 혈편복의 몸에 그놈만의 특별한 추종향을 뿌려두었습니다. 모른 척하고 있었던 것은 그나마 두 다리가 쓸 만하니 필요할 때가 있을 것이라 생각했기 때문입니다."

"그런 것이냐."

"네."

무영신투가 교활하다지만 어디 풍천과 혈편복만 하겠는가. 다시금 불쌍해진다.

"좀 더 속력을 내자."

도유강이 복영쾌신을 있는 대로 끌어올렸다.

풍천이 이 보 뒤로 처져 따르며 '네'라고 희미하게 대답했다. 평소의 씩씩한 목소리가 아니어서 이상했지만 도유강은 바람을 젖히며 신형을 펼치는 까닭에 바람결에 목소리가 날아간 것이라고 생각했다.

그러나 실상은 도유강의 추측과 달랐다.

바람 때문이 아니었다. 실제로 풍천은 매우 희미하게 대답했으며, 또한 그럴 만한 이유가 있었다.

그리고 지금 그 생각을 떠올리고 있었다.

'주군의 신형은 놀랍도록 빠르구나. 그렇지만 이건 아무리 봐도… 추…….'

풍천은 생각으로조차 그다음 말을 맺지 못했다.

주군이자, 마도의 전무후무한 전설이 되실 주군이시다.

심장에 충성이 새겨진 풍천으로서는 비록 머릿속에서라도 주군을 폄하할 수가 없었다.

그러나 그 생각을 가로막으면 가로막을수록 그 생각의 강도는 높아져만 갔다.

결국 풍천은 지고 말았다. 그래서 생각을 쏟아내 버렸다.

'추해……. 너무 추해…… 주군은 병신 같아!'

그러자 당장 기분이 좋아졌다.

주군의 경공은 바람처럼 빨랐지만 풍천이 볼 땐 병신 같았다. 기본적으로는 두 다리를 이용하고 있지만 절묘한 박자로 한 손을 짚거나 두 손을 짚기도 했다.

두 다리로 달릴 때도 정상이냐면 그것도 아니었다.

한쪽 어깨가 축 처지고, 목은 살짝 삐딱했다.
 손을 짚을 때는 더욱더 추악해서 눈도 괴상하게 찡그리고, 뺨도 비틀렸다. 주군의 위엄이나 체통은 어디에서도 찾을 수 없는 것이다.
 '마야환신공이 지독하긴 지독하구나. 경공도 이렇게 추하게 펼쳐야만 하다니……'
 풍천은 마야환신공을 떠올리자 속이 바로 메스꺼워졌다.
 그러나 그 즉시 자신의 실책을 깨달았다.
 '이런, 내가 도대체 무슨 생각을!'
 너무나도 마음 놓고 주군의 허물을 흉보고 말았다.
 풍천은 스스로를 용서할 수 없었다.
 "죽어라!"
 일갈하고, 바로 자신의 뺨을 내갈겼다.
 쫘악!
 가공할 속도로 내달리고 있던 중이었고, 가벼운 손짓이 아니어서 풍천은 이내 균형을 잃고 나뒹굴며 데굴데굴 굴렀다.
 "무슨 일이냐!"
 도유강이 앞으로 한참을 내달리다가 소리를 듣고 급선회하여 부지런히 움직여 다가들었다.
 풍천이 가공할 속도로, 엄청 추하고 병신같이 달려오는 도유강을 보며 고개를 마구 내젓더니 주먹으로 자신의 안면을 강타했다.

"죽어버려!"

퍼억!

몸이 붕 떴다가 땅으로 떨어졌다.

도유강은 혹시나 적의 기습인 줄 알고 놀랐다가 풍천이 혼자 제 얼굴을 때리는 모습을 보자 어이가 없었다.

이번에도 늦게 도착하여 안배를 놓친다면 이놈은 마공을 익히면 그만이라면서 버젓이 인도할 터였다.

그리고 지금 꼬락서니를 보니 억지로 시간을 지연하려는 것처럼 보였다. 개인의 꿈을 제한하고 강제로 끌고 다니는 주제에 이젠 무공까지 선택하지 못하도록 하고 있었다.

마야환신공을 두 눈으로 똑똑히 목격했으면서도 이 지경이라니 도저히 믿을 수가 없었다.

"시간이 없다고 몇 번이나 이야기했느냐! 이 미친놈아, 그렇게 미친 짓을 하려거든 나는 내 갈 길을 갈 테니 더 이상 안배고 뭐고 다 집어치워라!"

"죄송합니다, 주군!"

"넌 내가 또다시 마공을 익히길 원하는 것이냐?"

"마, 마공……."

풍천이 더듬거렸다. 그러다 마공의 연상 작용으로 '추해'와 '병신 같아'가 떠올라 버리고 말았다.

짜악!

풍천이 다시 **뺨**을 후려갈겼다.

도유강은 이제 폭발해 버렸다.

그대로 머리부터 지근지근 밟았다.

"내가 해주마. 응? 내가 밟아줄게. 미칠 거면 차라리 그냥 어디 가서 조용히 죽던가! 왜 그렇게 사람을 괴롭히지 못해 안달이 난 것이냐! 대체 왜 그래!"

* * *

마교 교주 소면마군!

그는 언제나 웃는 자였다.

오늘 그는 더욱더 짙은 웃음으로 집무실로 향했고, 그런 그의 귀에는 금와마군(金蛙魔君)의 음성이 메아리치고 있었다.

"교주, 그대는 무슨 이유로 도유강을 죽이지 않는 것이오!"

내가 도유강을 살려두고 있다?

소면마군은 진심으로 분노가 치밀어 더욱더 크게 웃었다.

그 때문에 입이 귀에 닿을 지경이었고, 세상에서 가장 흥겨운 자가 되고 말았다.

감히 당대 마교 교주 앞에서 호통이라니.

당장 눈앞에서 사지를 찢어 죽여도 시원찮을 언행이었다.

그럼에도 불구하고 소면마군은 욕을 내뱉지도, 처형을 명하지도 않았다.
 금와마군이 태상 교주여서가 아니었다.
 금와마군이 전대 교주 아수라천마와 앙숙지간이었기 때문도 아니었다.
 태상 교주직을 선물한 건 자신이었고, 또한 명목상에 불과한 자리였다. 아수라천마와 앙숙지간이란 것도 순전히 금와마군 혼자만의 생각일 뿐, 아수라천마는 생전에 금와마군을 아무것도 아닌 자로 취급했다.
 그런 허수아비 태상 교주 금와마군의 호통을 듣고도 목숨을 붙여준 데는 오직 한 가지, 그가 오마신의 사부였기 때문이었다.
 "하하하하!"
 소면마군이 집무실 좌측 벽면 편액 앞에서 웃음을 터뜨렸다.

 천하쟁패(天下爭覇)! 마도천하(魔道天下)!

 이 여덟 글자는 마교 교주로 등극하면서 직접 붓을 놀려 벽에 장식해 두었다.
 쫘아악!
 소면마군은 활짝 웃으며 단숨에 편액을 찢어버렸다.
 천하쟁패, 마도천하는 현재로선 우스운 이야기였다. 전대

새로운 각성 265

교주가 남긴 씨앗은 목에 가시가 되어 찔러오고 있다. 단 두 개의 가시조차 제거하지 못하는 지금 천하쟁패와 마도천하를 논할 수는 없는 일.

편액이 제거되자 그 뒤로 풍경이 담긴 벽화가 드러났다.

이 또한 도유강과 풍천처럼 아수라천마가 남겨둔 것이었다.

의자에 앉아 책상 위의 서신들에 시선을 던졌다.

모두 그동안 전광동자가 보내온 도유강의 행적에 대한 서신들이었다.

날짜부터, 해당지역과 머문 기간, 그리고 그 지역에서 발생한 사건들이 촘촘히 기록되어 있었으며 정작 읽은 후에도 믿기 힘든 내용들로 채워져 있었다.

"도유강… 너는 도대체 무슨 짓을 하고 다니는 것이냐."

소면마군이 공허한 질문을 던졌다.

녹림총채 오태산에서 흑룡방 몰살!

이후 녹림총채 장악!

무법촌 용운장 학살!

동정호에서 장강수로채의 환대를 받으며 자맥질!

그리고 동정호에 출현한 천위칠군의 영물 백학!

이어 사천성에서는 당가와 분쟁을 일으켰으며 그 보고가 마지막이었다.

"허허허……."

다시 한 번 훑어보니 또 웃음이 나온다.

현 마교 교주는 자신이고, 도유강은 비록 풍천의 비호를 받고 있다고 해도 엄연히 쫓겨난 몸이자, 쫓기는 신세! 마교 역사상 도주자가 이처럼 대놓고 난장판을 벌이는 일은 최초의 일이었으며, 정녕 그래서는 안 되는 일이었다.

소면마군이 다시 웃음을 머금을 때였다.

문 너머에서 한 음성이 들려왔다.

"교주님을 뵙습니다."

심복 중의 심복 우호법 염왕적이었다.

"들어오라."

염왕적이 예를 취하고 말했다.

"전광동자의 서신입니다."

"언제 날아온 것이냐?"

"방금 접수하여 바로 가져오는 길입니다."

소면마군이 봉인을 찢고, 서신을 펼쳤다. 전서매의 다리에 묶어 보내는 탓에 글씨는 언제나처럼 깨알 같았으며 많은 분량의 내용을 채우기 위해 짧은 문장으로 채워져 있었다.

일시, 망종(芒種) 후 삼 일. 장소는 숭산 소림.

도유강 단독으로 소림난동. 일명 소림토사광란이라 불리는 사건. 풍천은 여전히 곁에서 호위. 소림 난동 시 풍천은 관망. 도유강은 괴이한 마공으로 소림 백팔나한 붕괴, 경천신군, 불령 대사, 검왕 등과 맞섬.

　무공이 급진적으로 상승. 성정은 더욱 난폭해짐.

　난동 후 소림을 탈출, 추격 중. 기감이 절정에 이르러 추적이 까다로워짐.

　특이사항.

　둘 모두 인피면구 착용, 하지만 의미없음. 곧 제모습으로 돌아올 듯. 위 언급처럼 소림 경내 천위칠군 중 경천신군 포착. 녹림토벌대는 항마척결단으로 변경.

"허허허허……."

소면마군이 세상사를 초월한 자처럼 웃음을 흘렸다.

이런 거짓말 같은 진실을 믿어야 한다는 사실이 서글프다.

그사이 서신을 읽은 염왕적도 바로 낯빛이 굳어졌다.

"교주님, 소교, 아니, 도유강은 오직 은혼심만 익힌 것이 아니었는지요?"

"네 말대로다. 전대 교주는 도유강에게 간단한 권장법조차 가르치지 않았다. 본좌가 직접 확인까지 했었지. 그런데 마공이라니……. 이제야 천하를 떠도는 이유를 알 것 같구나. 놈들은 어떤 경로를 통하여 무공을 익히고 있었단 말인가?"

"현재 거쳐간 경로들의 의미보다는 어쩌면 풍천으로부터 무공을 전수받고 있는 것은 아닐는지요? 지나온 길을 다시 돌아가는 경우까지 있고, 이번에 소림까지 포함되었으니……."

"그래, 네 말이 옳다. 온갖 뒤죽박죽이지. 오태산, 동정호, 사천, 그리고……."

순간 소면마군이 말을 멈추고 눈빛을 빛냈다.

염왕적이 흠칫 놀랐다.

"비켜서라."

그제야 염왕적은 교주의 시선이 자신을 보는 것이 아닌 자신의 어깨 너머임을 깨달았다.

소면마군이 염왕적이 반응하기도 전에 밀쳐 내며 벽화 앞에 섰다.

염왕적도 바로 의문 어린 눈으로 벽화를 오른쪽에서부터 살펴 나갔다.

벽화는 풍경을 담고 있었지만 일반적인 풍경이 아닌 환상 속에서나 나올 법한 기괴한 자연광경이었다.

제일 먼저 산봉우리 아래 기암절벽이 있고, 바로 이어지는 부분은 거대한 호수였다. 그 호수엔 유람선 한 척이 떠 있었는데 이렇게 큰 호수 곁에 기암절벽이 있는 곳은 천하 어디에도 존재하지 않았다.

그리고 다시 호수를 지나면 또 소나무 한 그루가 우뚝 선 산봉우리의 절벽이었다. 절벽에선 다시 교량이 뻗어나가고 그 끝은 허공이다.

다시 시선을 아래로 내리면 이번엔 좀 더 작은 그림으로 활화산의 분화구에서 연기가 솟아오르고 있었다.

염왕적이 거기까지 살폈을 때였다.

"오태산, 동정호, 사천, 그리고 소림… 이럴 수가, 이미 예정된 길이었구나."

소면마군이 벽화에서 눈을 고정한 채 나직이 중얼거렸다. 그제야 염왕적도 입을 쩍 벌렸다.

"이 벽화의 장소들을 따라 마공을 익혔다는……."

"그렇다. 어리석었구나. 눈앞에 두고도 깨닫지 못했으니. 과거 전대 교주 아수라천마가 이곳 집무실에서 벽화를 보며 흐뭇하게 웃던 이유가 바로 이것이었구나. 모종의 마공들을 미리 안배해 두고서 도유강이 성취해 나갈 생각에 기뻤던 거겠지."

"여기 이곳이 소림이니……."

염왕적이 벽화의 한 지점을 가리켰다.

소면마군이 말을 받았다.

"전광동자는 두 곳을 놓쳤다. 화산 지대와 대나무 숲. 이대로라면 도유강은 이미 상당한 진전을 이었을 터. 소림을 혼란에 빠뜨렸을 정도라면 더 이상 천하유람이라고 넘길 일이 아니다. 전력을 다해 도유강과 풍천을 제거해야 한다."

소면마군이 검지를 들어 벽화의 한 곳을 지목했다.

피잉!

한줄기 지풍이 벽화 속 북풍한설이 몰아치는 계곡을 꿰뚫었다.

"염왕적!"

"하명하십시오."

"북해다. 너는 좌호법 청안마수와 함께 각기 수라혈검대, 염왕귀영대를 이끌고 북해로 가서 도유강을 척결하라. 또한 오마신에게 전서매를 띄워 북해로 가라 전하고, 무슨 이유든 머뭇거린다면 그땐 지존패의 권위로 도유강보다 먼저 제거될 것임을 분명히 하라."

"존명!"

염왕적이 나간 뒤 소면마군이 벽화를 보며 환한 웃음을 지었다. 그러나 그의 두 눈만은 감정없는 사람의 그것처럼 차갑게 빛나고 있었다.

第十一章
북해로

전전
긍긍
마교교주

만묘신군과 주양인은 하북 임구를 지나고 있었다.
전력으로 신형을 날리는 중에 만묘신군이 입을 열었다.
"아직도 마음에 걸리는 것이냐?"
"아닙니다, 사부님."
주양인의 목소리는 담담했지만 만묘신군의 귀에는 담담한 척하는 것으로 들렸다.
청죽림에서 선학신군은 중상을 입고, 생사를 장담키 어려운 격전을 치렀다. 실전 경험이 부족한 주양인에게 청죽림 결전은 여러모로 큰 충격이었던 것이다.
사부들을 무적으로 알고 있던 의식이 깨어졌고, 또한 마도 마공의 강함과 잔혹함도 두 눈으로 목격하였다.

그러나 염려는 하지 않았다. 그 한번의 치열한 격전이 종국엔 주양인을 더욱 성숙시킬 것이기 때문이었다.

"강해져야 한다. 안타까운 일들을 줄이기 위함이지. 그 중심에 바로 네가 서야 하는 것이고."

"명심하겠습니다."

"그래도 북해로 가는 길에 변고가 없어서 다행이구나. 아마도 적들은 북해에서 승부를 결하려는 모양이다. 하지만 우리가 도착할 때쯤엔 삼군(三君)이 미리 북해에 도착하였을 것이니 그때쯤 적들을 섬멸할 수 있었으면 싶구나."

"검현신군 사부님은 위장에 먼저 도착하시는지요?"

"아마도 그럴 가능성이 크다. 검현신군만 합류해도 그때부터는 더욱 안심할 수 있을 것이다."

그때였다.

"살려주세요~ 누구 없어요~ 누가 좀 살려주세요~"

여인의 음성이었다.

내공력으로 발하는 음성이 아닌 순수한 외침이었다.

북동쪽 봉우리였다. 여인의 목소리는 점점 더 처절해졌다.

"저쪽이다. 서두르자."

"네, 사부님."

만묘신군과 주양인이 방향을 틀어 산을 올랐다.

무림인이 아닌 걸로 보아 산에서 조난을 당한 것이리라.
절벽가에 이르러 비명 소리는 더욱 뚜렷해졌다.
아래를 내려다보니 중년 여인이 넝쿨을 붙들고 간신히 매달려 있었다. 악력이 약한 여인의 몸으로 지금까지 버틴 것도 보통 일이 아니었기에 서둘러야 했다.
"너는 여기서 기다리거라."
만묘신군이 곧장 절벽 아래로 신형을 날렸다.
바람에 옷자락이 마구 펄럭였다.
여인이 보이기 시작하자, 그때부터 허공을 연거푸 딛으며 속도를 죽여 나갔다. 이어 여인이 위치한 지점에 이르러 암벽을 향해 허공섭물의 묘리를 응용해 암벽을 통째로 끌어당겼다. 암벽이 끌려 올라올 리는 만무하니, 저절로 만묘신군의 몸은 암벽에 이끌려 닿았다.
여인의 안색이 창백하고, 동공이 확장된 것이 얼마나 두려움에 떨었는지 한눈에 알 수 있었다.
만묘신군이 여인의 허리를 손으로 휘감았다.
"이제 괜찮소. 자, 이제 손을 놓으시……."
만묘신군의 얼굴이 딱딱하게 경직되었다.
"너는 누구냐?"
잘못되었다. 여인은 넝쿨을 붙들고 있는 것이 아니라, 넝쿨에 두 손목이 묶여 있었다.
여인이 어깨를 떨며 눈물을 쏟아냈다.

"살려주세요, 제발 살려주세요. 정신을 차려보니 이렇게 손이 묶인 채 여기에 매달려 있었어요. 처음엔 꿈을 꾼 줄 알았는데 아니었어요. 제발 절 두고 가지 마세요."

함정이었다.

만묘신군은 등줄기가 서늘해졌다.

그때였다.

위쪽에서 한줄기 괴소가 들려왔다.

"캬캬캬! 정파를 다루는 건 식은 죽 먹기지. 네놈의 제자는 본좌가 데려가겠다."

"양인아!"

만묘신군이 손을 그어 넝쿨을 끊고 여인을 옆구리에 끼고 절벽을 오르기 시작했다.

날았다.

활짝 펼친 장포로 바람을 타고 혈편복은 창공을 날았다.

혈편복의 옆구리엔 마혈을 제압당한 주양인이 붙들려 있었다.

"캬캬캬!"

한순간의 방심을 제대로 이용했다.

그것도 단번에 성공하고 만 것이니 혈편복이 웃음을 터뜨릴 이유는 충분했다.

장포 위치를 미세하게 움직였다.

바람을 받는 방향이 전환되면서 부드럽게 허공을 활공했다.
슬쩍 뒤쪽을 바라봤다.

만묘신군이 까마득히 먼 위치에서 혼신의 힘으로 신형을 날리는 모습이 보였다.

"캬캬캬캬, 아주 발바닥에 불이라도 나겠군. 나는 날고 있거늘, 얼간이가 뛰어오다니. 어디 그래서야 얼굴이라도 한번 마주칠 수 있겠냐! 캬캬캬, 그렇지 않느냐?"

주양인이 눈동자를 치켜뜨고 매섭게 노려봤다.

"캬악, 무섭네. 젠장, 년 같은 놈! 오뉴월의 서리 따위가 눈빛으로 사람을 잡아 죽이려드는군."

그 말에 순간 주양인이 흠칫 눈빛이 흔들렸다.

"캬캬캬, 그래 그 표정이다. 납치당한 주제에 노려보는 짓은 납치당한 자로서 예의가 아니지. 왜냐면 그냥 콱 죽여 버리고 싶어지거든. 뭐, 콱 죽여 버리고 나면 나도 콱 맞아죽을지도 모르겠지만. 캬캬캬캬!"

"너는 누구냐?"

주양인이 쏘듯 물었다.

혈편복이 바로 되물었다.

"오호, 통성명 시간? 그러는 너는 누구신데요?"

"……"

"년 같은 놈! 말을 해."

"날 어디로 데려가는 것이냐?"

"파지지직! 캬캬캬캬!"

"……?"

"그런 데가 있다. 아주 살기 좋은 곳이지. 따뜻하기도 하고. 파지지직거리기도 하지. 캬캬캬캬!"

"네놈의 주군은 누구냐?"

"닥쳐라! 주군에 대해 한마디만 꺼내면 그땐 주군의 명이고 뭐고 간에 죽여 버린다. 아, 이건 아니군. 캬캬캬캬! 자, 그럼 이제 하강해 볼까? 아무리 나라고 해도 새는 아니니까! 캬캬캬!"

혈편복이 상체를 낮췄다.

파라라락, 하며 묵빛 장포가 바람에 나부끼며 부드럽게 하강했다.

그때였다.

"네 뜻대로 되진 않는다!"

"응?"

혈편복이 슬쩍 고개를 갸웃하다 안색이 돌변했다.

머리 위였다. 가공할 기세가 덮쳐 왔다.

기겁하여 곧장 우장을 위로 들어 올렸다.

얼굴도 없는 백색인영이 허공에 뜬 채로 장력을 내리찍었다.

파앙!

"윽!"

경력을 막아내긴 했으나 기세에 눌려 혈편복은 지면을 향해 곤두박질쳤다. 다행인 점은 주양인을 아직 붙들고 있다는 것이었다.

"젠장, 사령이구나."

혈편복은 주군이 얻었어야 하나 놓친 환령신공의 사령임을 알아차렸다. 도대체 어떻게 마혈이 풀리지도 않은 상태에서 이런 묘용을 부릴 수 있는지 이해할 수 없지만 지금 그 의문에 매달려 있을 순 없었다.

아직까진 백령 하나뿐이지만 허공에 뜬 상태에서 다른 삼령까지 출현하면 천우신조의 기회를 잃고 만다.

"캬캬캬캬! 주군, 용서하십시오!"

문책은 당하면 그만이다. 죽는 것도 문제될 건 없다. 중요한 건 주군이 온전히 뜻을 이루는 것뿐.

혈편복이 일격필살의 의지로 주양인의 이마를 향해 지풍을 쏘았다.

피잉!

그때 불쑥 새하얀 손이 주양인의 이마를 가로막았다.

지풍이 백령의 손을 뚫자, 하얀 안개처럼 손목까지 사라졌지만 지풍의 위력도 사라져 버렸다.

그와 동시에 백령의 권이 혈편복의 얼굴로 날아들었다.

"누가 빠를까!"

혈편복이 백령의 일권을 무시하고 주양인을 향해 장력을

뻗었다.

 죽기로 작정하고 주양인을 죽이려는 의지!

 백령이 급히 권을 전환해 혈편복의 손을 붙잡았다.

 "캬캬캬! 이거 미치겠군. 날 화나게 하는구나!"

 혈편복의 오른 소매에서 붉은빛의 밧줄 같은 것이 뱀처럼 흘러나와 삽시간에 백령의 몸을 감았다. 빛이 광채를 더하며 번지더니 붉은빛의 밧줄이 터지면서 백령도 동시에 안개처럼 흩어졌다.

 "캬캬캬, 이제 네 차례구나."

 주양인이 희미하게 웃었다.

 그 순간, 혈편복은 등이 부서지는 듯한 충격을 받았다.

 파앙!

 "크아악!"

 주양인을 놓치고, 쏜살같이 지면으로 내리꽂히며 혈편복은 얼핏 청령이 주양인을 안아 드는 모습을 보았다.

 "캬캬, 제기럴……."

 추락을 멈출 방법이 없다.

 콰광!

 가공할 속도로 혈편복이 지면에 박히며, 흙먼지가 뿌옇게 일었다.

 혈도가 제압당한 상태에서 사령은 역시 무리였다.

가까스로 백령을 불러냈을 때, 이미 기혈이 들끓고 머리가 어지러워진 상태였다.
 거기에 백령이 사라지는 것을 보고 청령을 불러낸 것은 그야말로 초인적인 의지의 발현이었다.
 정상적인 상태에서도 내공 소모가 극심한 환령신공이었다.
 혈이 제압당한 상태에서는 그에 세 배에 해당하는 공력의 소모가 뒤따랐고, 그 결과는 암담한 것이었다.
 의식이 옅어지자, 두 팔로 받쳐 하강하던 청령도 희미해졌고, 이내 안개처럼 흩어져 버렸다.
 주양인이 힘없이 허우적거리며 추락했다.
 '이렇게 끝이로구나.'
 희망을 포기하던 그 순간이었다.
 처억!
 지면의 난폭한 충돌이 아닌 부드러운 손길이 몸을 받쳤다.
 "사부다."
 만묘신군이 안도의 한숨을 내쉬었다.
 "사부님……."
 "말을 아껴라."
 만묘신군은 즉시 주양인을 앉히고, 해혈과 동시에 진기도 인하며 내력을 불어넣었다.
 일다경 정도가 지났을까.

왈칵!

주양인이 검붉은 피를 토해냈다.

"울혈을 토해냈으니 이제 네 스스로 운기해 보아라."

환령신공의 운기법을 따라 사령 발현 중 무리했던 부위를 다듬듯이 내기로 안정시켰다.

신색을 이내 회복하자마자 주양인이 물었다.

"사부님, 그자는 어떻게 되었습니까?"

"위치는 눈으로 확인해 두었다. 이제부터 시체를 살펴 정체를 밝혀내야겠지. 가자."

"네."

주양인은 시체가 온전할 것인지가 걱정스러웠다.

적은 청령의 일격에 등을 격중당했다. 등뼈가 부러지는 충격을 받은 데다 가공할 속도로 곧장 지면에 충돌하여 거의 산산조각이 나버렸을 터였다.

스스스슥…….

약 삼백여 장을 바람처럼 내달렸다.

근처에 이르자 추락 지점은 한눈에 알아볼 수 있었다.

방원 오 장가량이 큰 웅덩이처럼 움푹 패어 있었다.

만묘신군과 주양인이 이내 웅덩이 위에 올라섰다.

"흐음……."

만묘신군이 침음성을 흘렸다.

주양인은 당혹을 금치 못한 얼굴로 빠르게 주변을 둘러보고 돌아왔고, 당혹감만 커졌다.

"이 근처엔 없다. 어떤 기척도 느껴지질 않는구나."

사라졌다.

추락 지점을 오인한 것은 아니었다.

적은 이곳에 분명히 추락했다.

웅덩이 중심에 사람의 형태가 판형처럼 찍혀 있기 때문이다.

만묘신군과 주양인은 좀처럼 곤혹스러움을 감출 수 없었다.

　　　　　　*　　　*　　　*

"캬캬캬! 아프네."

오른쪽 어깨는 탈골되고, 왼쪽 팔목은 뒤로 꺾여 있었다.

쿵!

혈편복이 바위에 어깨를 부딪쳤다.

뚜득.

오른쪽 어깨를 맞춰 넣었다.

한바퀴 빙 돌려보았다. 이상없다.

혈편복은 왼팔을 보았다.

제멋대로 덜렁이고 있었다.

"캬캬캬, 흉측하구만."

오른손으로 돌아간 팔의 뼈를 교정했다.

연신 뚜드득거리는 소리가 났지만 혈편복은 빙긋 미소까지 지었다. 그러나 통증이 결코 적지 않았음을 반증하듯 이마엔 땀방울이 송골송골 맺혔다.

이어 어깨에서부터 훑어내듯 빠르게 혈도를 점했다.

잠시 동안 왼쪽 팔은 사용불가였다.

가공할 속도로 추락할 때, 부지불식간에 지면을 향해 장력을 발출해 그 반탄력으로 충격을 흡수할 수 있던 것은 다행스런 일이었다.

터벅, 터벅…….

혈편복이 절뚝거리며 걸음을 옮겼다.

첫 번째 계획은 실패다. 하지만 이제 겨우 첫 번째였다.

첫 번째라는 말에는 주군의 첫 번째 명령, 첫 번째로 받은 임무라는 뜻도 포함되어 있다.

무슨 짓을 해서라도 임무를 완수해야 한다.

상대의 방심을 이용해 낚아챘거늘, 한순간의 방심이 원인이 되어 추한 꼴이 되고 말았다.

"캬캬캬, 짜증나는군. 그나저나 환령신공이 이 정도였나?"

원래 주군께서 얻으셔야 할 절학이었다.

아쉽긴 하지만 그래도 주군께서는 소림 참회동에서 마야환신공을 취하셨을 터이다.

혈편복은 환령신공의 위력을 몸소 겪게 되자 마야환신공

의 위력에 대해서도 족히 짐작할 수 있었다.

"캬캬캬캬! 아무렴, 어마어마할 거야. 나중에 견식할 수 있었으면 좋겠구나."

혈편복은 절뚝거리며 꾸준히 걸음을 옮겼다.

약 백여 보에 이르렀을 때, 절뚝거림이 사라졌다.

다시 삼백여 보에 이르자, 달릴 수 있게 되었다.

그리고 오백여 보에 이르렀을 때, 서서히 잔영이 일었다.

왼손을 매만졌다.

"캬캬캬, 돌아왔군."

혈도를 풀고, 신형을 달리며 팔을 한바퀴 돌려보았다.

"캬캬캬캬! 기다려라. 이번엔 기필코 주군의 뜻을 이루고 만다."

혈편복이 지면을 박찼고, 이내 한줄기 바람이 되었다.

*　　*　　*

두 줄기 바람이 어둠을 갈랐다. 이 두 바람은 이틀간 아무것도 먹지 않았으며 오로지 북쪽으로 미친 듯이 휘몰아치는 광풍이었다.

바람 중 하나가 주먹을 내질렀다.

쿵!

묵직한 타격음과 함께 땅이 울렸다.

"뭐냐?"

다른 바람이 물었다.

"주군, 멧돼지입니다. 감히 지존의 길에 끼어들었습니다. 어떻게 하시겠습니까?"

"먹자!"

"존명!"

풍천이 즉시 멧돼지의 가죽을 벗기고, 열양의 기운으로 돼지를 구웠다.

취이이이익!

먀야환신공은 주종을 하나가 되게 했고, 식음과 수면까지 몰아냈다. 더 이상 지옥은 볼 수 없다는 의지로 풍천이 순식간에 돼지를 구워냈다.

"주군, 드시죠."

"그래, 너도 먹도록 해라."

"감사합니다."

숯불이 아니어서 탄 부분 없이 제법 골고루 익었다.

돼지고기를 바쁘게 뜯으며 도유강이 물었다.

"혈편복의 무위는 어느 정도더냐?"

"천위칠군 일인에 견줄 만합니다."

"흐음······."

도유강은 자신도 모르게 침음성을 흘렸다.

역시 아버지의 심복이다.

천위칠군의 이름에 실린 무게가 결코 가볍지 않으니 그에 비견된다는 것은 놀라운 경지라 할 만했다.
하지만 상대가 좋지 않았다.
천위칠군은 총 일곱.
그중 한 명이 부상을 당했다 해도 청죽림에서 쓴맛을 본 만큼 공동전인 곁에는 최소 두세 명이 움직일 가능성이 컸다.
아니, 단 한 명이 곁에 있다고 해도 어느덧 두 안배를 취한 공동전인이 함께라면 목숨을 부지하기도 쉽지 않을 터였다.
게다가 죽이지 말라고 하였으니 그 일을 수행하는 일은 산 넘어 산.
도유강은 결코 마교 교주 노릇을 하고 싶지 않았고, 심복들과도 죽는 날까지 함께하고 싶지 않았지만 그래도 어쩐지 걱정이 되었다.
인간 전서매 무영신투는 아직 한 번도 역할을 수행하지 못하고 있었다.
"살아남아야 할 텐데……."
"주군!"
도유강이 바라봤다.
풍천이 진중히 말했다.
"주군, 지존은 수하의 목숨을 염려하지 않습니다."

도유강은 순간 화가 치밀었다.

"이 무심한 놈이 지금 뭐라는 거냐!"

풍천이 몸을 움찔했다.

도유강이 바로 이어 쏘아붙였다.

"이런 인간 같지도 않은 놈을 심복이랍시고 데리고 다녀야 하다니. 네가 사람이냐, 악귀냐! 저리 꺼져라. 망할 놈아!"

풍천이 물끄러미 바라봤다.

슬쩍 고개를 갸웃하는 것이 주군이 왜 그러시는지 도무지 이해하기 힘들다는 얼굴이었다.

그러다 나직이 입을 열었다.

"주군, 아수라천마께서 남겨놓으신 주군의 심복입니다. 그리 쉽게 당하지 않습니다."

"캬캬캬, 거리면서 이미 죽어버리지나 않았을지 모르겠다."

"혈편복이 익힌 마공 중 하나는 '금쇄본형공(金碎本形功)'이란 것이 있습니다. 어떠한 타격을 입어도 가공할 회복력을 발휘하는 것으로 자신의 살을 내주고, 상대를 뼈를 가르기에 적합합니다."

"몸이 회복된다?"

"네, 그렇습니다. 뼈와 살이 으스러져도 거짓말처럼 회복되는 능력을 지녔습니다. 잘 안 죽으니 마음껏 후려치기도 좋습니다. 죽이려면 단번에 숨통을 끊어놓아야 합니다만……."
 "그런데?"
 "혈편복의 경공이 빠르다는 것이 문제입니다."
 "흠, 네 말을 들으니 안심이 되는구나. 금쇄본형공이라……. 신통방통하구나."
 "혈편복은 수백 번에 걸쳐 뼈와 살이 분리되는 고통 중에 연성하였습니다."
 도유강이 움찔했다.
 마공은 마공이란 것인가.
 역시나 그 무엇도 거저 얻는 것이 없었다.
 마공에 대한 생각에 도유강은 다섯 번째 안배를 떠올렸다.
 "북해의 안배에 대해 말해보아라."
 "북해청빙곡, 얼음의 광장이라 불리는 비동에 들어가시어 빙망(氷蟒)의 내단을 취하시면 그로 인해 무공에 대한 방편이 열립니다."
 "그렇지만 이해할 수가 없구나. 이 안배는 신성무혼이 한 번 걸어갔던 길이다. 그건 곧 신성무혼이 이미 취하였다는 뜻이거늘 어찌 또 내가 차지할 내단이 있단 말이냐?"
 "주군의 말씀이 옳습니다. 그러나 그후 이십여 년이 지났습니다. 빙망의 내단은 새롭게 형성된 것으로 알고 있습니다. 그 원인이 북해라는 지역적 특성 때문인지, 아니면 또 다른 이유가 있는지는 소인도 알지 못하나, 아수라천마께선 분명히 그리 말씀하셨습니다."

"만약 빙망의 내단을 취하지 못하면 어떻게 되느냐?"

"……."

풍천이 입을 굳게 닫았다.

"뭐냐?"

"주군께선 반드시 빙망의 내단을 취하실 것입니다."

"못 취하면 어찌 되느냔 말이다!"

"반.드.시. 취하셔야 합니다."

딱딱 끊어서 강조하는 말에 도유강이 흠칫 놀랐다.

그러나 이내 풍천이 미약하게 떨고 있는 것을 발견했다.

'떨어? 이놈이 혹시?'

그렇다. 이놈도 마야환신공을 보고 학을 뗀 것이리라. 아무리 아버지의 비밀병기라지만 마야환신공의 구더……

도유강은 생각을 그쳤다. 떠올려 봐야 비참해진다.

"만약에, 아주아주 만약에, 못 취한다면?"

"지옥의… 끝을 보시게 됩니다."

도유강이 돼지고기를 팽개쳤다.

"당장 출발한다."

"바라던 바입니다!"

도유강과 풍천은 다시 미친 바람이 되었다.

* * *

새벽녘.
하북 위장.
"허기지지 않느냐?"
만묘신군이 물었다.
거목의 나뭇가지 위에서였다. 늘 초연하던 그도 지금은 지친 기색이 역력했다.
"전 괜찮습니다."
말은 그리했지만 주양인의 사정은 더 형편없었다.
옷깃이 여기저기 잘려 나가고, 백의는 이미 잿빛이었다.
부르튼 입술이 그동안 평탄치 않았음을 대변해 주고 있었다.
묵빛 장포의 괴인!
혈편복을 두 사람은 그리 칭했다.
정말 알 수 없는 자였다. 비록 시체를 찾지 못했다 해도 중상은 피할 수 없는 일이었다. 그러나 괴인은 거짓말같이 멀쩡한 모습으로 급습해 왔다.
처음엔 또 다른 쌍둥이라고 생각했다.
이 두 번째 공격에서 만묘신군은 위기를 맞았다.
어깨를 부서뜨려 끝났다고 마음을 놓는 순간, 절체절명의 순간이 찾아왔다. 옆구리로 쇠갈고리 같은 손이 파고드는 불가사의한 공격이었다.

주양인이 제때 손을 쓰지 않았더라면 살점을 긁히는 것으로 그치지 않고 중상을 면키 어려운 위기의 순간이었다.

괴인은 그렇게 부서진 어깨로 도주했다.

세 번째 급습도 또 묵빛 장포였다.

그전과 마찬가지로 잔인한 웃음을 날리면서였다.

"캬캬캬캬, 만묘신군! 이번엔 살점이 아니라 뼈를 깨끗이 발라주마!"

가공할 회복력을 지닌 마인이었다.

그때부터 만묘신군과 주양인의 행보는 고난의 연속이었다.

괴인의 강점을 인지하고 방비하여 더 이상 타격을 입진 않았다. 그렇다고 제압하는 것도 불가능했다.

괴인은 죽음을 친구처럼 여기며 목숨을 내놓은 채 공격했다. 그리고 또 여의치 않을 땐 과감히 귀신같은 신법으로 도주했고, 그 사실을 부끄러워하지 않았다.

"캬캬캬, 다시 보자."

떠날 땐 이 말을 잊지 않았다.

그리고 또 그 말을 반드시 지키는 자였다.

만묘신군과 주양인은 치가 떨릴 지경이었다.

두려워서가 아닌 지겨움이었고, 어쩌다 급습이 늦어진다 싶으면 기다려질 지경에 이르렀다.

그리고 지금 이 순간!

하북 위장의 북쪽 토지묘.

이곳 나무 위에서 두 사람은 간만의 휴식을 취하고 있었다.

괴인은 아직 나타나지 않고 있었다.

지난 오후, 옆구리에 구멍이 뚫린 채 도주한 뒤였다.

다시 보자고 했으니 오긴 올 터였다.

"달빛은 언제나 그대로구나."

만묘신군이 말했다.

주양인도 둥그런 달을 올려다봤다. 서글퍼 보인다.

어릴 적에 처음 본 달과 지금 보고 있는 달은 너무 달랐다.

무심하고, 잔혹하며, 또 한편으로 슬픔을 안고 있는 것도 같았다.

"빙망의 내단은 반드시 취해야 한다. 강호를 위해서도, 너를 위해서도."

"네."

"요즘은 어떠하냐?"

만묘신군의 목소리에 염려가 가득 묻어났다. 그건 마치 아버지가 자식을 위하는 듯했다.

"통증은 더디지고 약화되었습니다."
"힘들 땐 힘들다고 하거라. 네 고통에 대해 전혀 내색을 하지 않으니 이 사부는 가끔 네 처지를 잊을 정도구나."
 주양인이 옅게 미소를 머금었다.
"천룡도와 화령신공을 얻은 뒤로는 저도 가끔 잊을 정도입니다."
 근심하던 만묘신군도 그만 웃고 말았다.
"하하하, 네 말만 들어서는 빙망의 내단도 필요없겠구나."
"반드시 얻겠습니다."
"하하, 물론이다. 극렬순백장을 익히지 못한 것이 아쉽구나. 청청선자를 생각하면 마치 널……."
 만묘신군은 말을 끝맺지 못했다.
"캬캬캬, 여유롭구나."
 나타났다.
 두 사람이 소리를 따라 시선을 들었다.
 밤하늘의 달빛이 그림자에 가려져 있었다.
 그리고,
 쉬쉬쉬쉬쉭!
 거의 수백여 개에 달할 듯한 은침이 두 사람이 자리한 나무 위로 비처럼 쏟아졌다.
 만묘신군과 주양인이 흐릿해지면서 거목에서 벗어났다.
 만묘신군이 외쳤다.

"놈! 걸려들었구나."

혈편복이 거목 위 상부에 내려서며 고개를 갸웃했다.

그때 주변이 대낮처럼 환해졌다.

달로 인한 그림자는 왼쪽이다.

광망에 의한 그림자는 전면에 드리웠다.

슈아악!

혈편복이 공중으로 솟구쳤다.

백광이 반월의 형태로 발아래를 쓸고 지나갔다. 방금까지 혈편복이 딛고 선 거목의 상부가 매끈하게 잘려 나가고, 그 여파로 뒤쪽 토지묘의 지붕까지 날려 버렸다.

콰쾅.

혈편복이 허공을 한차례 딛고 우회하여 지면에 내려섰다.

그리곤 이내 얼굴을 일그러뜨렸다.

방금 전 토지묘까지 날려 버린 자, 새로 합류한 천위칠군 중 하나가 백색 광망의 검강을 뿜어내고 있었다.

그는 바로 위장에서 만나기로 했던 검현신군이었다.

어느새 만묘신군과 주양인이 삼각형태로 둘러쌌다.

"캬캬캬캬!"

혈편복이 주변이 떠나갈 듯 괴소를 터뜨렸다.

이 상황에서 숨겨둔 한 수가 있다는 듯 내공을 가득 실어 웃은 탓에 세 사람이 의문스럽게 바라봤다.

혈편복이 말을 이었다.
"캬캬캬! 젠장, 죽게 생겼구나. 이렇게 된 이상 어쩔 수 없구나. 좋다. 한 놈이다. 나와 저승으로 동행한다."
탓!
혈편복이 지면을 박차고 주양인을 향해 쇄도했다.
주양인이 한 치의 미동도 없이 천룡도를 빼 들고 수평으로 그었다.
그 좌우로 만묘신군이 장력을 퍼붓고, 검현신군의 검강이 백색광망을 줄기줄기 뻗으며 폭사했다.

* * *

동녘으로부터 아침 햇살이 떠올라 대지를 비췄다.
기암 절벽 아래, 시냇가에서 한 구의 시체가 엎드린 자세로 몸 절반은 땅에 나머지 절반은 시냇물에 담가져 있었다.
"쯧쯧쯧……."
시체를 지그시 내려보는 자가 혀를 찼다.
시체는 머리부터 발끝까지 피투성이였고, 옷이 찢겨 나간 등은 쩍 갈라져 있었다. 두 다리가 괴이하게 꺾인 것이 절벽에서 뛰어내리기라도 한 것 같았다.
"내 이럴 줄 알았지. 어째 미친놈처럼 캬캬캬, 거리더라니."

천하제일신투에서 전서매로 직업을 바꾼 무영신투는 간밤에 혈편복이 천위칠군 중 둘, 그리고 공동전인과 처절한 사투를 벌이다 결국 도주하는 것을 뒤쫓았다.

혈편복이 비록 만묘신군을 부상 입혔으나 역시 혼자로는 역부족이었다.

그렇더라도 목숨 따위야 있어도 그만 없어도 그만이라는 식으로 생사를 도외시하고 처절하게 맞서던 모습은 단연코 무영신투 생애 처음 보는 것이었다.

주군이란 자가 이들에게 어떤 의미이기에 목숨 알기를 이웃집 강아지처럼 생각하는지 이해할 수 없는 노릇이었다.

"북쪽에 뭐가 있는지 몰라도 네놈이 뻗은 것을 알릴 새도 없이 네놈 주군이란 자가 훨씬 앞서갔으니 염려말고 저승으로 떠나거라. 쯧쯧쯧……."

혀를 차며 무영신투가 막 돌아서려 할 때였다.

"어떤 새끼가 혀를 차! 앙!"

그 말이 떨어지기가 무섭게 주먹이 날아들었다. 무영신투가 기겁하여 피했으나 주먹이 미끄러지듯 따라왔다.

퍼억!

"끄악!"

주먹을 내지른 혈편복이 비틀비틀거렸다.

그 모습에 무영신투가 아픔도 잊고 입을 찢을 수 있는 대로

북해로 299

찢어 벌렸다. 분명 죽었는데, 이 정도면 대충 죽어야 하는 것이 상식적인데 살아났다.

혈편복이 발을 쿵쿵 굴려 다리뼈를 맞추고 무영신투를 바라봤다.

"졸이로구나. 방금 여기서 혀 차는 놈 못 봤냐!"

"네?"

"캬캬캬! 근데 넌 거기 자빠져서 뭐 해?"

"네?"

"캬캬, 배가 너무 고프네. 먹을 것 없냐?"

"저, 여기……."

무영신투가 품에서 육포를 건넸다.

혈편복이 육포를 뜯으며 몸상태를 점검했다.

"주군은?"

"아마도 흑안을 지나셨을 겁니다."

"캬캬캬, 곧 북해에 도착하시는군. 주군께서 빠르시겠지만 뭐 나도 놈들에게 다시 보자고 약속해 버렸으니 약속은 지켜야겠지."

"저, 저기……."

"뭐냐?"

반문하며 이미 혈편복은 절뚝대면서 필사적으로 뛰었다.

아니, 그건 무영신투가 보기엔 뛰는 척하는 것처럼 보였다.

'그러니까 그 몸으로 어떻게?' 라는 말은 꺼낼 수가 없었다. 생각해 보니 심복이란 것들은 다리가 없으면 두 팔로 기어갈 놈이었다.

'후우, 지독한 놈들. 아주 치가 떨리……. 헉!'

무영신투가 다시 입을 쩍 벌렸다.

절뚝거리던 혈편복이 어느샌가 파파팟 하며 신형을 박차고 순식간에 멀어진 것이다. 그러다 결국 한 점이 되었다.

"마, 말도 안 돼!"

"캬캬캬! 말이 안 되긴. 죨! 다음에 또 혀를 차는 날엔 죽여 버린다. 캬캬캬!"

이제 점조차 사라졌건만 혈편복의 목소리가 또렷하게 귓가로 파고들었다.

부들부들…….

무영신투가 몸을 사시나무 떨 듯 떨었다.

'이러면… 안 되는데…… 점점……. 무서워…….'

    *   *   *

마교 교주의 친명을 받은 최정예 군단!
마교의 움직임을 포착한 정파 집결체 항마척결대!
천위칠군과 공동전인 주양인!
장강을 맴돌던 불패의 오마신!

그리고 풍천, 혈편복!

그들이 목숨으로 섬기는 도유강!

이들 모두가 마음에 품은 뜻은 달랐다.

누구는 조직의 규율을 따라, 또 누구는 천하를 구한다는 명분을 품고, 다른 누군가는 오직 주군을 위해, 또는 인생의 꿈을 실현코자, 심지어 어떤 자는 달리 어쩔 도리가 없어서라는 각자의 이유를 지녔다.

이렇게 정과 마, 절세의 고수들이 북해로 향하고 있을 때, 또 다른 이유를 품은 채 도유강을 뒤쫓는 자들이 있었다.

유령곡!

소림의 대환단과 막대한 의뢰비를 목적으로 와선신의의 정보에 따라 곡주 휘하 핵심전력이 총 투입되어 북쪽의 흔적을 쫓았다.

스스스스스스.

그들의 움직임은 마치 안개가 바람결에 이동하는 것 같았고, 저승사자들이 운집하여 쓸고 지나가듯 감정없는 움직임을 보였다.

흔적을 따라 유령처럼 움직이는 그때, 한 마리 전서매가 유령곡의 이동경로 속으로 파고들었다.

전서는 곧 유령곡주에게 전달되었다.

신형을 멈추지도 않은 채 유령곡주는 무심히 암호로 기록된 전서를 읽어나갔다.

그는 어떤 경우에도 동요한 적이 없었으며 냉정함을 유지하는 자였다. 눈을 크게 뜨는 일이 없었고, 소리를 지른 적도 없었다. 살수에게 있어 감정의 동요만큼 치명적인 것은 없는 것이다.

급전. 장강수로채 급습. 곡의 남은 자들은 구 할가량 전멸. 동정용왕과 수뇌들의 공격 이유는 파악하지 못함. 특이사항, 녹림왕이 함께하는 중.

전서를 읽은 유령곡주가 급히 신형을 멈췄다.
뒤따르던 수하들이 물이 갈라지듯 양쪽으로 나뉘어 멈추며 유령곡주를 주시했다.
유령곡주가 하늘을 올려다봤다.
날벼락이다. 머리가 어질거린다.
어째서일까? 일이 계속 꼬인다.
그러니까… 와선의 청부를 받아들이면서부터다.
되는 일이 하나도 없다. 앞이 캄캄하다.
동정용왕이 왜 그랬을까? 녹림왕은 거기에 왜?
아니다. 그게 중요한 게 아니다.
유령곡의 비밀 전서며, 보물이 모조리 사라졌다는 뜻이다.
도적의 수괴다. 남겨둘 리 없다.

놈들은 떠났을까? 아니면 아직 곡에서 술잔을 들고 자축을 벌이고 있을까? 뭐가 됐든 다시 돌아가는 건 늦다.
이제 유령곡에게 남은 건 하나!
북해의 청부뿐.
"가자!"
유령곡주를 위시한 특급살수들이 다시 유령이 되었다.

『전전긍긍 마교교주』 6권에 계속…

천마검섭전

철혈무정로 1부

임준후 新무협 판타지 소설

天魔劍燮傳

인세에 지옥이 구천되고 마의 군주가 천신하면
그 누구도 그를 막지 못하리라!
아는 태초 이전에 맺어진, 혼돈의 맹약. 육신에 머문 자나
육신을 벗은 자나 누구로 피할 수 없는 구속의 약속일거니……

주검과 피, 그리고 살기가 강물처럼 흐르는 전장에서
본연의 힘을 되찾게 되는 신마기!
신마기의 주인은 전장을 거칠 때마다 마기와 마성이 점점 더 강해져
종국에는 그 자체로 마(魔)가 된다…….

제어되지 않는 신마기…
이는 곧 혼돈의 저주, 겁화의 재앙이다!

유행이 아닌 자유추구
WWW.chungeoram.com
Book Publishing CHUNGEORAM

天山魔帝 천산마제

일류 新무협 판타지 소설

내일을 기약할 수 없는 땅, 천산.
소녀로부터 은자 한 닢의 빚을 진 소년 용악
청년이 된 용악은 천산의 하늘이 된다.

하늘을 가르고 땅을 뒤엎는다!
한 호흡에 만 개의 벽(壁)!!!
지금껏 내게 이빨을 드러낸 것들은 모두 죽었다.

은자 한 닢의 빚을 갚으며 시작된
십천좌들과의 승부.
오너라! 천산의 제왕, 천산마제가 여기 있다!

WWW.chungeoram.com
유행이 아닌 자유추구 -
Book Publishing CHUNGEORAM

유행이 아닌 자유추구 -
WWW.chungeoram.com
Book Publishing CHUNGEORAM

長虹貫日
장홍관일

월인 新무협 판타지 소설

세상은 언제나 정의가 승리하고,
그래서 사필귀정(事必歸正)이라고?

개소리!

세상은 나쁜 놈들이 지배하지.
그러나 그놈들은 아주 교활해서 절대로 나쁜 놈처럼 안 보이지.
현재 무림을 지배하고 있는 백도의 어떤 인간들처럼……

설경구
新무협 판타지 소설

―떠나세요, 가능한 한 멀리.
―하나만 기억하세요. 일단 살아남아야 후일을 도모할 수 있습니다.
―떠나.

오랫동안 연락이 두절되었던 이들이 약속이라도 한 듯 찾아와
꺼낸 이야기들과 함께 시작되는 집요한 추적.
그리고 거대한 음모에 휘말려 억울한 누명을 쓴 채로
오직 살아남기 위해 필사적으로 도주하는 한 사내, 진가흔.

"왜 하필 나입니까?"
"자네가 가장 적당하기 때문이지."
"아시겠지만 그를 죽인 것은 제가 아닙니다."
"물론 알고 있네. 그런데 말일세… 그래도 그를 죽인 것이 자네라는
사실은 변하지 않네."

누구를 믿어야 할까.
적아도 명확하지 않은 상황에서 이유조차 모른 채 도주하던
한 사내의 역습이 시작된다.

 유행이 아닌 자유추구 -
WWW.chungeoram.com
Book Publishing CHUNGEORAM